L'ALLEMAGNE LITTÉRAIRE CONTEMPORAINE

COLLECTION D'ÉTUDES ÉTRANGÈRES

PAUL WIEGLER

L'Allemagne littéraire contemporaine

DEUXIÈME ÉDITION

PARIS

BIBLIOTHÈQUE INTERNATIONALE D'ÉDITION

E. SANSOT et C⁰

53, RUE SAINT-ANDRÉ-DES-ARTS, 53

1904

L'Allemagne littéraire contemporaine

I

L'ÉVOLUTION

La littérature qui, depuis la fin de l'époque classique, s'est faite et se fait en Allemagne, n'est pas fort simple à raconter, car elle n'a ni l'harmonieuse mesure de la poésie française, ni la vaste et irrésistible force que l'on sent gronder dans les épopées slaves.

C'est une littérature, où il y a beaucoup de malaise trivial, peu de bonheur, trop de schismes, de désespérance, de tentatives avortées. Sa patrie n'est pas tout à fait cette douce Allemagne qu'on voit dans les belles aquarelles de Walter Pater, Allemagne des forêts, des vallées, où dans la chênaie, près des ruisseaux, suavement jasent les moulins. Ce décor-là avait pâli : morte était l'âme que le grand Herder et les romantiques avaient voulu ressusciter. L'espèce de culture que le panthéisme évolutionniste de Gœthe semblait donner aux Allemands, sans être comprise par les foules, n'a été que le privilège d'une élite. Il n'en resta que la dignité pseudo-hellénique de Schiller ou bien l'élégie du martyr Hœlderlin qui, loin des immortels, accablé de souffrance, pleurait sa destinée d'Hypérion. La flamme de l'art que les Schlegel avaient divinisée, redevint trouble et dévorante, car la nation entière tomba dans l'infamie d'abord, ensuite dans un bourgeoisisme plat et ennuyeux. Le titan Kleist versa son sang dans le bosquet de Wannsee. La magnétique sensualité de Brentano tourna en bigoterie lubrique. Achim von Arnim dut reconnaître que ce qu'il y avait de mieux dans sa belle imagination, se mourut dans le tombeau de sa maladresse. Hoffmann, cruel et taquin observateur du vieux Berlin et de ses bonshommes, plongea dans le clair obscur de ses fantoches qui, automates bizarres, spectacle déchirant, miment le grand mystère de la mort. Le pauvre Lenau fut sacrifié à la douleur ; cet Autrichien n'avait guère, pour calmer sa mélancolie, l'impétuosité splendide d'un Byron, et il s'épuisa dans la lassitude du rêve ; en vain, les sanglots de son violon invoquaient la nature. Plus loin, il faut nommer le comte de Platen, impeccable artiste, qui, maladif et nostalgique, fuyait la vie et dont les sonnets sont purs et hautains comme les fleurs inodores des serres. A vingt ans, il a écrit : « Qu'est-ce que je fais, qu'est-ce que je ressens aujourd'hui, sinon des choses où il faudrait voir la sensibilité d'un vieillard ? » L'œuvre de Grillparzer a la même perfection dans le riche tissu de ses vers, dans les lueurs d'or qui y sommeillent, mais, elle a aussi la même morosité ; c'est une plainte qui, pareille au chant du cygne, exhale la tristesse d'une lente consomption.

Nulle part, l'angoisse nationale ne s'est manifestée plus puissamment que dans les rebelles dramatiques, qui, à côté du timide poète de « *Héro et Léandre* », ont surgi. L'infernal Grabbe en est le chorège, mégalomane, dont le tempérament unit des visions sublimes aux plus sales turpitudes, espèce de Caliban et de Méphisto, saltimbanque aux creux blasphèmes, lesquels, n'était l'époque, seraient peut-être devenus de grandioses prophéties. Ensuite

Büchner, libertaire qui, idolâtre de Danton, a péri avant le temps, le thuringien Otto Ludwig, lourd travailleur se haussant presqu'à la domination. Et, enfin le maître, Friedrich Hebbel qui a veillé dans la nuit, veillé jusqu'au petit jour d'une mentalité nouvelle, mais qui mille fois s'est tué, pour que survécût le Dieu que voulait son spiritualisme mystique. Il nous a donné cette définition : « Tout l'art n'est que la défense de l'homme envahi par l'idée, puisque toute action sérieuse est impliquée, dans la poésie, par l'anxiété de l'individu créateur qui est trop faible pour supporter les conséquences d'une pensée sombre. »

Par suite de tels symptômes, la vraie littérature du peuple allemand avait quelque chose d'un mauvais songe; seulement, l'activité une fois renaissante, les consciences une fois soulagées, l'on pouvait croire en des moissons à faire.

Mais survint la dualité qui, faute d'un grand idéal représentatif et efficace, divisait la nation. Le rationalisme des démocraties étrangères fut transplanté dans les cités allemandes. La sociologie qui, lors des théories de Herder et de sa pénétrante clémence, avait été constitutive et organique, fut livré aux clubistes, lesquels l'abaissaient au rang de dogmes et en ornaient les cabarets de leurs partis. Le journalisme fut mis en vogue. C'est à son aide que la récente génération de la jeune Allemagne se fraya le chemin. Le tragique fut délogé par la farce, le spiritualisme par les jeux habiles de la dialectique, et les sources tarissaient. La farce et la négation ont été répandues même par l'immortel Henri Heine, empoisonné par le destin de sa race, enthousiaste qui n'a jamais cessé de brûler ce qu'il adorait, lamentable Christ qui, dans ses livres d'amour, a salué la passiflore et, par ce geste, s'est racheté de l'ignominie. Mais lui et ses imitateurs, fervents de

Rousseau, hostiles aux croyances profondément
enracinées dans l'ethnique, hostiles aussi à la patrie,
adonnés à un stérile cosmopolitisme et à l'émancipa-
tion de la chair, ont anéanti l'héritage du minis-
tre de Weimar, lequel, dans sa sagesse, avait
proclamé la vénération. Bœrne, étroit moraliste,
avec les subtilités du talmud et avec sa vindicative
rage de cuistre, commença à guerroyer contre les
pantins réactionnaires, mais aussi contre Hellas et
contre ce qu'il y avait de plus cher à notre ten-
dresse. Karl Gutzkow aurait eu des qualités, mais il
tomba dans les vides querelles, dans la criaillerie
de la foire ; la littérature, selon lui, est « le portrait
des contemporains dans les situations où ils se trouvent, l'intervention dans leurs débats, le dialogue
sur les questions d'intérêt général et de la philosophie pratiquée. »
Ce radicalisme pseudo-poétique a eu le même
développement que sur le domaine de la spécula-
tion proprement dite, qui, de la conception humanitaire de Feuerbach, l'a vu descendre aux insupor-
tables balivernes de ce David-Friedrich Strauss
châtié par Nietzsche. Après les intransigeants, ont
défilé ceux qui jugeaient plus profitable la modéra-
tion, les bourgeois dispos et repus. Quant à l'art,
c'est le dramaturge Henri Laube qui fait transition ;
issu de l'école des « jeunes » et de leurs lieux com-
muns, il a procuré à la société montante l'esthétique dont elle avait besoin, un théâtre superficiel,
visant à l'effet, à l'amusement honnête et frivole.
Le feuilletonisme fut continué dont le Viennois
Edouard von Bauernfeld, dans ses comédies nettes
et loquaces, était le premier type, lui courtisan des
cercles financiers, et, chez eux, affichant le petit
noceur antigouvernemental. Prenons, pour en tirer
le sens raccourci, la carrière du niais Franz von
Dingelstedt qui, de lyrique « révolutionnaire »

à la façon de Béranger, s'est métamorphosé en directeur du théâtre impérial à Vienne, et dont la fade
silhouette de maître d'hôtel, gracile et sautillant,
a été comme une plaisanterie symbolique de l'histoire.

Car, depuis l'an 1850, le « Ça ira ! » n'était plus
opportun, le goût était pour les bonbons, les mignar-
dises. Rien n'est aussi lâche, aussi stupide que la
littérature qui, avant et après la guerre de 1870,
était recherchée par le public allemand s'attachant
aux progrès de son industrie, se pavanant de son
libéralisme, s'abêtissant dans la famille ou en dehors, rassurée par l'armée prussienne. On n'acheta
que des livres à tranche dorée où le sentimentalisme le plus éhonté se faisait valoir. On célébrait
le vin, le printemps et les yeux bleus en forçant
les bonnes choses à être aussi sans goût que les
énergumènes prudes et ineptes, qui, avec des peintres ridicules, étaient les fournisseurs des publications bi-mensuelles. C'était l'époque de Bodenstedt,
très aimé sous le nom de Mirza-Schaffy, charmant
radoteur, l'époque aussi du journal *Gartenlaube*
et de la proverbiale Mme Birch-Pfeiffer qui de tous
les romans qu'elle rencontrait, sans pitié et très
lucrativement, tricotait des drames. Dans cette
misère, il n'y avait que de rares exceptions qui
auraient permis du respect. Parmi les poètes politiques, Emanuel Geibel, dans son « juste milieu » et
dans son honnêteté paisible, conserva le sens du
verbe et un louable amour de la nation. Pendant que
les Roquette et les Redwitz faisaient s'extasier les
jeunes filles, avec leur pâte de guimauve, Mœrike,
Storm et Greif assemblaient, autour d'eux, quelques admirateurs. Le nouvelliste Paul Heyse
professait son éclecticisme domestique, pourtant
agréable. Le philologue Freytag qui, dans un roman
tranquille et laborieux, avait tracé leurs devoirs

aux commerçants, donna des monographies savantes sur le passé, lesquelles, restèrent, un jour, tandis que les sottises « historiques » des Ebers et des Eckstein furent oubliées. Et on lisait le mecklembourgeois Fritz Reuter pour le bas comique, plus tard pour le réalisme de ses récits populaires. Raabe et Gottfried Keller allaient parler à d'autres qu'à une petite secte. Le génie d'Anzengruber luttait bravement, Wagner dispensa l'ivresse à ses disciples et, à Bâle, Frédéric Nietzsche, juge sévère de la civilisation bâtarde, alluma son flambeau.

Mais ce renouveau n'était pas encore bien visible, les badauds, les impuissants ou les médiocres tenaient le champ. De 1870 à 1885 dura la débâcle; l'atmosphère ne cessa d'être méphitique. Le mot d'ordre, « sang et fer », ne délivra rien. Tout au plus, les romans d'actualité d'un Spielhagen se servirent-ils de clichés plus « nouvel empire ». Leur série représente l'idéal des « natures problématiques », de bourgeois qui, très libéraux, très poseurs, sont quelquefois des fils naturels de princes, afin de flatter l'ambition des lecteurs attendris ; la tendance est tout, la caractéristique nulle, l'arrogance solide. La fièvre capitaliste secoua l'Allemagne qui était incapable de digérer les milliards français et, bientôt, subit la plus démoralisante crise économique. Un matérialisme vulgaire triompha dans ce qu'on appelait science, et le système du solitaire de Francfort, Arthur Schopenhauer, allait dominer, entendu de travers, maltraité, profané. Le « pessimisme » est, dans le langage usuel des journalistes, le mot de « fin de siècle ». Des lyriques qui singeaient Henri Heine débutèrent. Le galicien Sacher-Masoch dit la pluie d'or, le temple de Vénus, les « boudoirs » des Messalines nues sous leurs fourrures et qui, avec leurs coups de fouet, ouvraient des horizons inaperçus aux mâles reconnaissants Hamerling se

chauffait à des déclamations d'un faste aussi hideux
que l'atelier de Makart, et il reconstitua, dans des
scènes flambantes, mais assommantes, le royaume de
la volupté sur la terre. Richard Voss s'emparait du
théâtre à effet qu'avait inauguré Laube, avec beaucoup plus de succès qu'Arthur Fitger. Il est
toujours en quête de contrastes, de sujets à la Sardou, et ses pièces, qui feignent d'accuser les crimes
et les injustices, ne font que tourmenter de sensations morbides ou tranchantes les spectateurs avi-
des. Mais M. Voss est un cyclope à côté de ses
rivaux, à côté de Lubliner qui, sous le nom de
Hugo Bürger, taille des drames d'intrigue où l'on
aperçoit Augier, Sardou encore, mais exploités,
ceux-ci, par un petit marchand de province qui,
modestement ou non, joue sur la rente. Et voici le
plus fin des fins, le commis-voyageur de l'époque,
M. Paul Lindau qui, vite, usurpa la place d'un
législateur de la critique, en poursuivant de sa haine
impie les sincères et les forts et en les bafouant
pour le bon plaisir des courtiers. Il a bafoué Richard Wagner en livrant « l'Anneau des Nibelungen » à l'hilarité exquise de ceux auxquels Bauernfeld, infiniment supérieur à M. Lindau, avait parlé
de la « fumisterie » wagnérienne. Mais ce valeureux
avait la plus grande somme de tolérance pour son
affaire à lui : l'importation du Dumasisme, qu'il
copiait avec l'esprit d'un Labiche quelconque et avec
la délicatesse d'un Lindau. La littérature se vautrait
dans la banalité.

.·.

De là, une ineffable détresse pénètre l'âme allemande qui voit son sanctuaire en ruines. La
détresse est poignante, car Bismarck déborde, et la
jeunesse pressent qu'il sera surhumain. Le bourgeoisisme est méprisé, les discours de l'historien

Treitschke et ce nationalisme dont Wagner et Paul de Lagarde, prédécesseur de Gobineau, étaient les organes, attirent les étudiants. Wildenbruch leur fait don de quelques tragédies, qui, malgré leur prussianisme, ont eu le mérite de plaider, après le règne de la frivolité, la cause de l'idéal et du devoir. La scène reprend cette fonction essentiellement « morale » vers laquelle l'avait menée Frédéric Schiller, et la jeunesse de nos écoles salue le petit, mais vaillant réorganisateur, comme, d'un élan simultané et plus grand, la jeunesse française salua le cercueil de Victor Hugo. Il y eut encore les forces du socialisme qui d'abord était l'œuvre d'un génie, Ferdinand Lassalle, et devint plus tard une doctrine de logiciens ; mais il fut dévoyé surtout par les tracasseries de l'État. Et la génération nouvelle, encline à honorer les persécutés, autour de leurs têtes de tourneurs et de mastroquets, vit briller les splendeurs apocalyptiques. Une inquiétude, un pressentiment de chutes épouvantables paraissait, qui de la section communiste fit bientôt une armée. Et des voix inouïes, les voix des peuples étrangers, vibrèrent. M. Augier fut remplacé par le chantre rugissant de *Nana* et de *Germinal* ; l'irruption des réalistes français commença qui, de Maupassant à Mirbeau, nous ont subjugués à une esthétique plus concise et plus vraie que la nôtre. De l'Est, le roman russe assaillit notre sensibilité qui s'était laissée gagner aux charmes ingénus du bon Tourgueniew. Des géants barbares assourdissent, de leurs cruautés et de l'amour qu'ils ressentent pour leurs steppes, l'imagination allemande, géante domestiquée et rabougrie.

L'ombre du moine Dostoïewskij approcha, la religion de la souffrance, la poésie de la mort terrifiait les esprits et les entraînait vers l'abîme où se précipita Raskolnikow. Le messie Tolstoï, par les fresques de *La Guerre et la Paix* et d'*Anna Karénine,* dessina une sociologie inconnue qui, mâle et pourtant doucement grave, comme la parole de l'ecclésiaste, impliqua une certaine foi. Et la littérature scandinave produisit autre chose que la simplicité et la paysannerie de Bjoernson, elle produisit l'homme le plus dur et le plus bizarre qui jamais ait influencé la mentalité allemande. Ibsen continue le drame idéologique de Hebbel. Adversaire de l'hypocrisie et du mariage banal, il montre, sous un jour gris, les existences courbées et mutilées. Féministe et antibourgeois, il corrode l'ordre établi, formidable agitateur du mouvement subversif qui bientôt réclama le *vieux de la montagne,* lequel, à Dresde et à Munich, passa l'hiver de son exil et y trouva une seconde patrie. Ses confessions deviennent pour l'Allemagne autant de transmutations de toutes les valeurs, et ses *Revenants* sont, dans une centaine de têtes, le symbole d'une bataille où il n'y aura plus de compromis, bataille meurtrière et définitive.

Et vers 1885, les clairons sonnent ; le « naturalisme » de chez nous est né. Du moins, il radote et hurle. La première hécatombe se sacrifie avec quelque talent, il faut le dire, mais une grossièreté d'autodidactes gâte son travail.

Voici Karl Bleibtreu qui publie sa brochure sur la révolution de la littérature. Byronien arriéré, sans goût, vaniteux et prisé trop haut il contrefait Robespierre et Napoléon. C'est le représentant d'un prolétariat de bacheliers qui, sur le pavé de Berlin, doivent courir après le gagne-pain, et dont une fausse gloire et la faveur des servantes sont la préoccupation unique. La plupart d'eux, venus afin d'oublier leur mécontentement de la province, sont démoralisés par les écœurements de la capitale, puis ensevelis dans cette fosse commune. Rien ne survivra de cette pléïade de transplantés, semblables, à cet égard, aux Français de M. Barrès. Excités par Bleibtreu, trois lyriques vont donner leurs *Portraits de poètes modernes*, livre de vers, qui était d'heureux augure justement par ses grands défauts, par sa gauche loyauté. Les éditeurs se nomment Karl Henckell, Wilhelm Arent, Hermann Conradi. Henckell, pas trop artiste, beaucoup trop partisan, genre *Carmagnole*, est, somme toute, un épigone. Arent, jeune homme triste et outré, délicat et surabondant, qui avait seulement l'idée fixe que chacune de ses strophes dût être une révélation ; il s'est tu, sa lampe s'est éteinte dans une fadeur bien différente de la perdition tragique de Conradi. Celui-là est le réfractaire modèle. Il mourut âgé de vingt-huit ans, fatalité que son air louche et fuyant de trépassé, l'insidieuse phraséologie de ses poèmes annonçaient. Il savait lui-même qu'il n'était pas des élus, de ceux qui sont artistes en tant qu'ils ont la puissance plastique et synthétique. Son œuvre est insipide par l'enflure de la diction qui seulement permet de voir qu'il était hanté du christianisme aussi bien que d'un égoïsme défaillant et pleurnichard. La miséricorde la plus ardente ne saurait nous tromper sur les débauches de ce raté qui étaient au fond un peu mesquines. C'est la subjectivité impure d'un néophyte qui, dans ses *Fantômes de minuit*, nous montre sa pauvre chair endolorie grelottante, embrasée par *la femme*, mais qui se voudrait démoniaque, infernal ; ensuite, sa doctrine le porte au calvaire, il prétend se reconnaître sous le masque du crucifié, et voilà la folie qui broie la cervelle du pâle Rolla berlinois. On aimera mieux que ces cauchemars rhétoriques une élégie où il transcrit sa douleur et sa fierté d'être oublié, la dissonance perçante de sa chanson, les fleurs qui tombent, les splendeurs qui s'envolent, le vent du

crépuscule qui tristement passe à travers les cyprès.
Il faut encore mentionner deux romans de Conradi :
l'un, intitulé *Les Phrases*, lourde expérience ; l'autre, *Adam Mensch (Adam l'homme)*, un peu plus
lisible. Là, il se dissèque. Son héros est l'idéologue
sombre et cynique, l'affranchi qui, selon le commandement de sa raison, ne s'adonne qu'à l'enregistrement mécanique des irritations sensuelles, et dont
la brutalité est une feinte ; car le docteur Mensch
en souffre ; ce vicieux est un décrépit. Les amis de
Conradi disent qu'il avait les cheveux roux, que
son regard était profond, extatique ; ils ont décoré
son front livide de l'auréole.

Mais la révolution de la poésie continue. La fanfare de Bleibtreu est élevée par un autre, le courageux Arno Holz qui, dans le *Livre du temps (Buch
der Zeit*, 1885), crie à tue-tête que la jeunesse est
devant les portes. Sa gaie véhémence ne s'y arrête
point. Originaire de la Prusse orientale, il en a la
sobriété, la raideur, l'opiniâtreté, et il ne tardera
pas à faire fructifier ces dons. Les jeunes se réunissent, précepteurs et libertins pêle-mêle, ils trinquent
ensemble et choisissent des chefs d'école. Il y a
Franz Held qu'il faut approcher de la manière
Bleibtreu, Johannes Schlaf, esprit philosophique
qui, ainsi que Bruno Wille et Wilhelm Bœlsche,
va élaborer un nuageux monisme, il y a le Silésien
Gerhart Hauptmann, lyrique innocent, ayant publié
alors un chant quelconque du nom *Le sort des
Prométhides* et s'embrouillant après avoir manqué
son coup. Il y a encore les frères Hart, poètes et
journalistes. Tout le monde se donne rendez-vous
à Friedrichshagen, village ou bien commune près
de Berlin, paisible avant l'invasion de ces bohémiens et très attrayante avec son lac, la gravité de
ses forêts de pins. De cette solitude, la turbulence reçoit quelque calme ; elle est invitée au

recueillement, à l'audition de la nature étrangère à la sensibilité dévastée de Conradi. Possible est-il que ce fût là la plus fertile période.

Fertile même en dehors de Friedrichshagen — car, en 1889, Arno Holz a fini un nouveau travail. Répudiant la tinterie rythmique, il s'est associé Johannes Schlaf, avec lequel il habite, dans le village Niederschœnhausen, un modeste logis de paria, et ces deux camarades composent là une demi-douzaine d'esquisses qui s'appellent *Papa Hamlet* ; Holz assure qu'elles sont de la prose absolument neuve. Au point de vue historique, c'est faux. Bien que la rudesse de notre briseur d'images soit plus agréable que la mobilité des faiseurs qui déjà tâchent d'exploiter les procédés du zolaïsme, la mobilité des Alberti, Tovote et autres, le *Papa Hamlet* est insignifiant. Ses sujets sont — comme celui de la première esquisse, contrefaçon scrupuleuse d'un sale garnement de vieux cabot dément — puisés dans les bas-fonds du Berlin prolétaire. Mais leurs photographies instantanées ont une technique primitive et qui embarrassa les littérateurs, comme l'*Assommoir* avait embarrassé la critique française. Tout vestige d'art, de style, s'en allait dans un effet très vulgaire, dans un fatras dialogué de lourdauds et de fous, qui, étalage incohérent, parlaient l'argot berlinois. Et comme Zola s'était inspiré de la science de Claude Bernard, Arno Holz, Zola dénué de fantaisie et de l'instinct des masses, se mit à proclamer sa science à lui, la *Loi du naturalisme conséquent*. Le romancier latin, jadis défenseur des peintres impressionnistes, avait eu la prudence de ratifier qu'il fallait voir un coin de la nature à travers un tempérament. Le romancier prussien n'était point de cet avis. Voici l'axiome d'une subtilité inouïe que, dans un livre théorisant, il a trouvé pour l'esthétique de demain : « L'art a la tendance d'être

encore la nature. Elle la devient selon les conditions de reproduction qui, chaque fois, sont em-
ployées et selon l'emploi de celles-ci. » Les balivernes de Holz auraient été sans prix, si la vérité
qu'il a chichement exprimée, n'était pas superflue
dès que surgît un mâle individu, souverain de
son monde, non converti par des lois. Et la poésie
allemande en possédait un, depuis qu'en 1884,
l'art hardi et authentique de Detlev von Liliencron, victorieux et intuitif fils du Nord, jetait sa
gourme.

Pour le moment, la prolixité et le sentimentalisme
de Holz trébuchent, Johannes Schlaf l'aide à élar-
gir le système et à tenter la forme du drame. Le
produit en est *La famille Selicke* (1890), pièce terne
et conventionnelle dont l'argot décoloré, ayant, çà
et là seulement, de l'humour chétif, va jusqu'à
l'idiotisme. Mais, en 1889, dans les librairies, un
autre drame est vendu qui s'en rapporte aux auteurs
de *Papa Hamlet*, et, par une dédicace, remercie les
naturalistes conséquents, sous leur pseudonyme
scandinave de *Bjarne P. Holmsen*, de l'*impulsion
décisive* qu'ils lui auraient donnée. Ce disciple de
M. Holz est identique au Silésien Gerhart Hauptmann, lyrique innocent, et son drame a le titre
d'*Avant le lever du soleil* (*Vor Sonnenaufgang*).
Dorénavant, le *naturalisme*, à coup sûr, n'est plus
une étiquette, il ne se traîne plus dans la mésintelli-
gence. La *Puissance des ténèbres* du comte Tolstoï
résonne dans ces études de l'abjection sociale et
de la bestialité de campagnards enrichis, dans ces
prédications de jeune sélectionniste contre la vile
tyrannie de l'alcool. Il y a bien de la niaiserie à
côté, mais les admirateurs de Hauptmann ne s'en
soucient pas beaucoup. L'aimable vieillard Theodor
Fontane, brandebourgeois d'origine gasconne, romancier sage et sceptique, les joint. Et le poète,

encouragé par une lettre de Fontane, s'adresse à la société du *théâtre libre*, fondée naguère.

Le président Otto Brahm, praticien sournois, auquel les critiques Maximilian Harden, Hart, Paul Schlenther avaient malheureusement laissé l'initiative, se charge de la pièce hauptmannienne. Elle est jouée en second spectacle, après *les Revenants* qui avaient ouvert la série, le 20 octobre 1889. Un scandale formidable éclate. Le public, accoutumé au sublime de Burger et de Lindau, hue le novateur. On siffle, on hurle, et lorsqu'un des personnages du drame, une femme grosse, se tord dans la douleur de l'enfantement, un accoucheur branle l'instrument médical qu'il a apporté. Les partisans de Hauptmann et les badauds applaudissent ; un jeune homme blond, farouche, genre armée du salut, se présente, qui, au souriant Fontane fait alléguer le mot du psychiâtre Casper : « Tous mes assassins avaient l'air de pensionnaires de couvent. »

Dès cette bataille, la « modernité » allemande est établie.

*
* *

Les dérangements pénibles ne manquent pas, Dans la même année, occupant une scène bourgeoise, Hermann Sudermann a son succès avec l'*Honneur*, œuvre de routine, qui, copiant Sardou, non moins que l'avait copié M. Lindau, aveulit, embourgeoise, le sentiment de la valeur individuelle ; c'est un théâtre de potin et de trompe-l'œil. Mais, les romans de Kretzer réussissent à évoquer, par des tableaux honnêtes, le trouble chiliaste de la classe ouvrière (les Déçus, die Betrogenen, 1882, etc.). Mais Fontane se révèle maître conteur, plus juvénile que tous. Liliencron s'affermit, prodigue de vitalité. Hauptmann chemine, et deux créations augmentent sa renommée, *Ames solitaires*

(*Einsame Menschen*, 1891) et les *Tisserands*, épopée de la famine et de la sédition. La pléïade s'accroît. Le facile Otto Erich Hartleben qui aime les petites facéties très éloignées du Parnasse, dans un drame, *Hannah Jagert* (1893) avec malignité analyse le type de l'émancipée socialiste. Son hérésie gaillarde, protestant contre l'esclavage dogmatique, prépare les conflits à venir, conflits des modérés et des ultras ; car, après le « théâtre libre » tout un tas d'associations sont risquées qui voudraient instruire les travailleurs endimanchés. En 1892 le mecklenbourgeois Max Dreyer, auteur d'un drame *Les Trois* (*Drei*), entre dans le mouvement. En 1893 c'est Max Halbe, avec sa touchante et humble idylle d'amour *Jeunesse* (*Jugend*), en 1895, Georg Hirschfeld, le poète des *Mères* (*Die Mütter*).

Il faut leur ajouter John Henry Mackay, penseur intransigeant et lyrique, lequel dans son roman *Les Anarchistes* a décrit les conventicules et les meetings de Londres ; le capricieux dilettante Hermann Bahr, autrichien séjournant alors à Berlin et préludant par son rom an *La bonne école* (« *Die Gute Schule* » 1890), à ses voyages dans des raffinements inconnus ; le démocrate munichois M. G. Conrad ; le talent varié de Bierbaum ; le talent gaspillé du batailleur gentilhomme Ernst von Wolzogen ; Johannes Schlaf qui se sépara de Holz et inventa les poésies fines et rêveuses de son livre *Dans le coin* (*In Dingsda*), mais qui toujours fut menacé par des attaques de névrose ; Georg von Ompteda, issu de la féodalité militante, exposant, avec franchise et clairvoyance, sa situation, puis les talents de troisième ordre.

.˙.

Car bientôt ceux qui, en se hâtant s'étaient avancés, renoncent à leurs desseins, se conforment aux conditions d'ordre et de prospérité qui, du moins aux chefs, n'est pas marchandée. Ils se font spécialistes, ne trouvent plus d'obstacles, se détériorent. Les journaux bourgeois, les théâtres industriels les séduisent ; fournisseurs réguliers du public ils n'ont pas le droit de se taire, les conceptions sont lâchées avant l'incubation. De 1895 à 1903, chaque hiver le farouche Hauptmann est forcé, par l'urgence commerciale du Dr Brahm, directeur berlinois du grand *Théâtre Allemand*, de livrer son drame. Le thème social, qui, à la génération de 1885, avait fourni une contenance intellectuelle, ne persévère pas. Le réalisme se diminue, devient poncif, on s'étonne de son aridité. Et pendant que le Dr Schlenther et les pédants de sa coterie se déclarent satisfaits, un groupe adhérent à une culture plus riche, cherchant les trésors de l'inconscience, fait voile.

Le dieu de ces individualistes romantiques est Frédéric Nietzsche. On sait que le poète de *Ainsi parlait Zarathoustra* succombait à la folie un jour de janvier 1889, et que la catastrophe l'empêcha d'achever, par la *Volonté de Puissance*, le dôme de son architecture mentale. On sait en outre que Nietzsche a été l'*homme-taupe*, depuis qu'en 1878, il avait abandonné son professorat ; la Haute-Italie et Sils-Maria, paysages gris argentin de l'Engadine, lui étaient lieux de retraite. En 1888, il a écrit à Mlle de Meysenbug : « Le hasard veut que j'aie la mauvaise fortune d'être contemporain d'un appauvrissement de l'esprit allemand, d'une désolation qui fait pitié. » Mais la frénésie avec laquelle l'ont vénéré les croyants de 1890 serait inconcevable si le dieu n'avait pas subi les mêmes mortifications, s'il n'avait pas eu le sang aussi fébrile que les guides de son cortège erratique. Or, en 1872, le rapsode a débuté par le plus violent nationalisme de

l'art, et il le prônait dans une surexcitation héroïque dont il faut sonder la genèse pour comprendre
les ressorts intimes de notre âme. C'était à l'appel
de Richard Wagner qu'il obéissait. Si ce grand pro-
moteur doit rester éternel pour avoir recueilli
toutes les énergies d'un temps et d'un peuple,
il a néanmoins souvent promulgué la disposition
de la décadence. C'est là que ses velléités scho-
penhauëriennes ont leur place et l'incurable dis-
corde qu'il a énoncée, en commentant dans deux
sens opposés son monde artistique, l'*Anneau des
Niebelungen*. En 1852, il se recommanda à « l'optimisme hellénique », deux ans plus tard, au
« pessimisme germanique » ; n'est-ce pas là, tout
entier, le désastre de l'Allemagne moderne, déso-
rientée et bouleversée ? Donc la régénérescence par
l'art, n'était, pour Wagner et son école, qu'un
subterfuge. Avec majesté, le constructeur de Bayreuth, l'ensorceleur Klingsor l'a annoncée. Sa capi-
teuse persuasion était que l'art ne devait prospérer
que dans une société future et que, pourtant, sans
le concours de l'art, le jour de la dite régénérescence ne devait jamais poindre. Voici les vertus que
Wagner a trouvées. Premièrement il va attaquer
la base capitaliste du xixe siècle, le pouvoir qui en
avait souillé l'intérieur. Dans *l'Opéra et le Drame*,
il affirme : « De cette possession devenue propriété, et qui, d'une façon singulière, est consi-
dérée comme principe général de l'ordre, tous
les méfaits du mythe et de l'histoire sont nés. »
Ensuite, c'était l'avilissement du sang qui, d'après
Wagner, portait dommage à la nation. Dans une
lettre à Liszt, le musicien saxon a prophétisé :
« Vraiment, notre politique, notre diplomatie,
notre vénération, notre impuissance, notre science,
tout cela, et hélas ! tout notre art aussi, — vraiment, toutes ces plantes parasites de la vie moderne,

n'ont, pour croître, d'autre terrain que nos ventres ravagés ! Ah, si chacun voulait et pouvait m'entendre auquel je crie ces paroles presque risibles et pourtant si terriblement vraies. » Contemplation ascétique, qui, chez les wagnériens, aboutissait bientôt au végétarisme. Mais le mystagogue et le chrétien qui s'est racheté de ses péchés de Tannhæuser, et à Parsifal contrit présenta l'ostensoir éclatant du Saint-Graal, s'est incité à des conclusions plus téméraires. Avec haine et avec un désir clandestin, il s'est plaint de l'homme qui aurait la nature de la bête de proie : « Guerre offensive et défensive, misère et combat, victoire et défaite, despotisme et esclavage, le tout scellé de sang, l'histoire de l'espèce humaine ne nous montre désormais rien que cela ; sitôt que le plus fort a vaincu, il est rongé par une culture que l'esclavage des assujettis supporte ; d'où extirpation des dégénérés, par de nouvelles forces plus brutes encore et d'une soif de sang inassouvie jusque-là. » Dans son essai *Héroïsme et christianisme*, Richard Wagner, ami de Gobineau, a fait allusion à l'inégalité des races ; mais ces conséquences féroces et autocratiques l'ont rebuté, et, il croyait que seule la religion était idoine à sauver l'humanité, à la laver des taches rouges. Il est notoire que, de son indulgence universelle d'apôtre, il a excepté le judaïsme auquel, depuis sa brochure *Les Juifs dans la musique* (1850), il a imputé le crime d'être l'entremetteur de la dégénération. Un mysticisme bénin serait le moyen de changement. L'ordre de Wagner est exprimé, dans une lettre au jeune philosophe Heinrich von Stein, par ces intimations : « Nous ne commencerions pas assez loin du perfectionnement atteint, pour faire harmonieusement s'accorder ce qui est essentiellement humain, avec l'éternelle nature. » C'est l'art qui donne l'harmonie : « Heureux serons-nous, s'il nous est un jour permis d'ouvrir nos sens pour celui qui, au sublime foudroyant, allie la conscience d'un pur instinct vital, et si le poète artiste de la tragique du cosmos nous conduit dans les accalmies d'un réconciliant sentiment de la vie humaine. Ce prêtre poétique qui, lui seul, n'a jamais menti, était associé, ami toujours apaisant, à l'humanité dans les périodes les plus importantes de ses terribles égarements ; c'est lui qui nous conduira dans la vie régénérée. » Prêtre poétique, Richard Wagner a créé son drame, le *Drame de l'avenir*.

Telle est la genèse de Frédéric Nietzsche, auteur du livre l'*Origine de la tragédie dans l'esprit de la musique, ou Hellénisme et Pessimisme*, saluant les tueurs de dragons qui, gaîment riant à l'instar du blond Siegfried, redresseraient les torts, abattraient la vulgarité. Déjà domine son individualité sauvage. M. Jules de Gaultier a peint ce tempérament : « l'idée abstraite a d'immédiats retentissements dans l'homme tout entier, déchaîne le drame intérieur, se transmue en sentiments, en passions, en colères, en dédains, en toutes choses vivantes et qui s'épandent. » Sa volonté d'artiste érige deux symboles, l'art apollinien, qui jouit du spectacle de la beauté, l'art dionysien qui, dans la joie, ou en vérité dans la douleur atroce, brise le mirage, détruit la beauté, et, à l'assaut, monte dans le temple de la vie. Il est parmi les dionysiens, les douloureux, les enthousiastes, ce Nietzsche qui, inactuel et têtu, prononce que, pour réorganiser l'art allemand, il faut réorganiser le tout ,« les mœurs, l'État, l'éducation, le commerce », ce Nietzsche qui, dans sa leçon d'ouverture à l'Université de Bâle, dit que « le glaive des barbares est suspendu au-dessus de la tête de chaque individu », ce Nietzsche qui, au classicisme de ses bons compatriotes, reproche qu'ils n'ont rien des Grecs, qu'ils n'adorent ni les corps nus des éphèbes, ni les jeux d'athlètes, et qui exige des choses dont ils ne se doutent même pas, le style et son unité dans toutes les fonctions. Selon lui, l'Allemagne de 1872 a désappris à distinguer la vie et la mort ; l'homme tragique vient, auquel elle doit céder, pour que, avec des jubilations, l'humanité tragique meure. Et Nietzsche est resté dionysien sans bride, pareillement, dans sa deuxième étape, son étape scientifique, lorsqu'il avait renié, apostat et convalescent, les tremblements qui l'inquiétaient, lorsqu'il chanta: « Bientôt, l'on regardera l'artiste comme une superbe relique, et, ainsi qu'à un étranger merveilleux dont la vigueur et dont la beauté étaient le ravissement des générations disparues, on lui conférera des honneurs, comme nous n'en témoignerions pas bien facilement aux nôtres. Le soleil est mort, mais le ciel de notre vie reluit encore et brille devant lui, bien qu'il soit déjà invisible. » Il est resté Dionysien lorsqu'il a nommé les artistes des ivrognes, des fanatiques, des illusionnistes pour qui l'ivresse est « la vie dans la vie » ; car ici, au plus haut degré, la fureur philosophique se dévoile comme ce que Nietzsche a formulé : « une sorte de mémoires involontaires et inaperçus. » Donc en 1883, l'année du *Zarathoustra*, il a confessé à sa sœur : « Je veux y mettre une fin, je veux être délivré de cette expansion du sentiment que ces productions entraînent : quelquefois, j'ai pensé succomber dans cet état à une mort soudaine. » Il a narré ses agitations avec un vertige de névropathe frémissant jusque dans les doigts des pieds.

Le *Zarathoustra* est un monologue, un récitatif balbutié sous le soleil, sous les nuées, sur les cimes et près de la mer sacrée. Il est incomparable, parce qu'il est la glorification du surhomme, de la vie qui se surmonte elle-même, parce qu'il est le finale d'une

éthique. Mais ce ne sont pas les valeurs intellec-
tuelles que, depuis 1890, les néo-romantiques en
question ont flairées. C'est toujours le dionysianisme, l'élément artistique, qui a réuni les Nietz-
chéens allemands et autres, le suédois Ola Hansson qui, en 1889 déjà, par un travail sur le malade
de Naumbourg, surprend ses hôtes prussiens et
bavarois, le polonais Stanislaw Przybyszewski, qui,
en 1892 et à Berlin, publie son essai sur *la psychologie de l'individu*, et la passionnée Mᵐᵉ Lou-
Andréas-Salomé, qui, en 1894, s'avoue nietz
schéenne.

Voilà le dionysianisme de Nietzsche, en ce qu'il a de
visionnaire et en ce qu'il a de chrétiennement cruel,
de pathologique, d'accidentel. Les jeunes nihilistes
n'écoutent pas l'auguste parabole de *l'arbre sur la
pente*, où Zarathoustra enseigne l'adolescent : « Ne
rejette pas le héros dans ton âme. » Anxieux, ils
déclament ce qui avait été imaginé au milieu de
l'angoisse, le chant d'amour de Zarathoustra pour
la vie capricieuse qui dit : « Je ne suis que variable
et sauvage, et femme en toutes choses », et fière-
ment ils répètent à leur « moi » l'irréfutable
maxime : « Je suis cela. » L'abîme de l'éternel
retour n'est pas un abîme pour ces frères cadets des
Conradi, pour cette seconde hécatombe. Ils sont
résolus à se faire souffrir eux-mêmes, ils acceptent
la rage de l'ascète Nietzsche, qui, descendant de pas-
teurs, avait sanglotté : « Déjà, dans toute volonté
de connaître, il y a une goutte de cruauté ». Ils
veulent dire « oui » à la dureté, à la ruse, au mal et
au péché, et ce fardeau les écrase.

Un seul porte-faix marche droit, lui aussi Suédois et visiteur de l'Allemagne, mais d'une allure
plus hautaine que Hansson qui ne nous a donné que
les proses décadentes de *Sensitiva amorosa*. C'est
Auguste Strindberg, l'avant-garde qui, dans son

drame *Le maître Olaf* avait bégayé : « Je m'appelle l'ange déchu, qui dix mille fois reviendra, je m'appelle le libérateur, qui est venu trop tôt, je m'appelle Satan, parce que je vous aimais mieux que ma vie à moi, je me suis appelé Luther, je me suis appelé Hus, maintenant je m'appelle « Anabaptista ». Le perturbateur des Scandinaves prend son domicile à Berlin, et il incendie la littérature allemande à laquelle il participera pendant des années. Tandis que son roman *L'Utopie et la Réalité* est un panégyrique sans bornes du socialisme, dans le roman *Axel Borg* l'individualisme grandiose de Nietzsche est célébré par un sectaire plus impitoyable encore. Et Strindberg emploie l'autocratie nouvelle, le dualisme physiologique, pour rehausser le mâle et pour rabaisser la femelle que, dans les débats de ses *Créanciers*, il accuse d'être : « un jeune homme à mamelles, un mâle qui n'est pas mûr, un enfant rapidement élancé, dont la croissance hésita plus tard, un être chroniquement anémique qui, régulièrement, *treize* fois par an, a son effusion de sang ».

Quant aux petits littérateurs de Berlin, ce terrible duel leur aurait été peut-être intolérable ; mais les drames de Strindberg étaient pour notre art l'avènement d'un sexualisme intense et, du côté de nos George Sand, du moins, immonde. Avec le suédois, Stanislaw Przybyszewski fréquente le cercle du « pourceau noir ». Il unit au nietzschéisme dont il raffole, la furie slave, dans laquelle, autre Chopin, d'après ses amis, il a fait vibrer le piano. Il a l'héritage catholique qu'on connaissait chez le normand Barbey d'Aurevilly, le goût monacal des flagellations et de l'encens. Pour cet admirateur de Rops, la vie n'est qu'une orgie, qu'une grande Sodome ; l'homme, c'est l'âme cautérisée, un lambeau de chair pantelante sous les griffes du diable. Les études lyriques de Przybyszewski, la *Messe des*

Morts, les *Vigiles* et l'*Ascension* (Himmelfahrt), sont l'intronisation du sexe, étouffé jusque-là par le cerveau, par la « prolongation de la moelle épinière. » Grâce au despote, l'organisme humain tombe en ruine. Mais cette chute engendre la chute du cerveau aussi. Il est déséquilibré, le monde, pour lui est divisé en réalité et irréalité ; là, il sent la vie rapetissée, ici, il se gonfle de l'absurde, et de part et d'autre, la démence est la seule solution possible pour l'individu qui va rentrer au domaine de l'organique. Son trépas se fait dans un calme glacial et suave, par les sacres d'un *requiem* où le poète Przybyszewski a trouvé des mélodies, comme celle-ci : « Une rose blême fut jetée vers le champ de mon âme, vers son champ inondé de deuil. Je ne sais quel ange me l'a jetée de sa main, je ne sais quelle tempête de la vie l'a soufflée vers moi. Est-ce qu'elle naquit sur les tombes, à l'ombre des mornes saules-pleureurs ? Est-ce qu'elle a été filée des pâles rayons de mondes depuis longtemps défunts ? Est-ce qu'elle nagea sur les ondes mortuaires argentines des brumes molles ? La rose blême fut jetée sur le champ blanc de mon âme ». Dans la trilogie *Homo Sapiens* et dans les *Fils de Satan*, le sexualiste Przybyszewski, devenu romancier, s'est intellectuellement suicidé ; il a sévi à travers des affres, à travers un ouragan d'où ses principaux personnages, son Erich Falk et le diabolique Gordon, émergent à peine. Plus tard, M. Przybyszewski est allé à Varsovie pour y démolir la littérature polonaise, la jeune Pologne.

Même avant son départ, deux ou trois apparitions du néo-romantisme allemand garantissent qu'il ne succombera point à cet abrutissement spasmodique et lugubre, qu'il domptera les instincts excités. Tout près de Stanislaw Przybyszewski, le lyrique berlinois Richard Dehmel a sa place, et, en dépit

des analogies, c'est une figure tout à fait neuve.
Bien qu'il s'abandonne à une chimie érotique, non
moins occulte, bien qu'il se soit subjugué aux eni-
vrances d'un enfer non moins impie, son psychisme
matériel a un point de mire, un surcroît de force
qui le met à l'abri des dangers. Il est cloué au sol
natal, il est rétif, il est acéré. Ses livres, des
Rédemptions (Erlœsungen) (1891), à l'épopée *Deux
êtres humains* (*Zwei Menschen* 1903) sont une ligne
droite. On a savamment critiqué que Dehmel était
de la tribu de Lucifer, qu'il rappelait l'espagnol
Luis de Gongora, ténébreux contemporain de Cal-
deron, et le rut spiritualiste de Marini, et les
tableaux de Salvator Rosa, leurs ravines, leurs rocs,
les saints écorchés de Ribera et le Christ moribond
du vigoureux Matthias Grunewald. On a encore
critiqué que son art était un art baroque et flétri de
retardataire, ce qui ne l'a pas empêché d'être, pour
nous, un signe de ralliement. Sans doute, il est
tortueux, il a beaucoup de méandres et de labyrin-
thes, il s'égare à vouloir donner des hiéroglyphes,
une téléologie mathématique. En se ruant vers l'infini, le lyrique Dehmel est âpre et froid, archaïque
comme les sphinx, comme les vieilles pierres des
Pharaons, mais il est une quintessence. Nul n'a dit,
avec tant de primordiale ferveur, les litanies qui
jaillissaient du cœur ; nul avec plus de ténacité,
ne s'est forgé son outil. Étrange forgeron, il a
éprouvé la joie déterministe des revirements que
Nietzsche dans des convulsions avait prévus. Voilà
les trois grades de sa hiérarchie : la recherche du
bonheur vital, du bonheur incomparable, que
l'homme doit se proposer, la comparaison qu'il doit
établir entre le bonheur mondial et le sien, la
recherche du bonheur mondial ; ce qui s'exprime
par la devise : « Nous qui sommes le monde »,
devise dont l'animisme violemment charnel dès

aujourd'hui est l'un des plus fastueux titres de notre littérature. Il est tantôt la nuit de sabbat du second tome de Dehmel (*Mais l'Amour, Aber die Liebe*) (1893), tantôt la solennelle musicalité d'orgue et le plain-chant, de sa *Messe de la vie*. Rarement il est la dulcifiante prière de Verlaine que ce berlinois a magistralement traduite et dont l'oratorio demi-germanique sera la plus chère surprise pour les Allemands de 1895. Vénus et la madone, Isis et Marie sont identifiées. Richard Dehmel a chanté des psaumes de volupté au lieu que l'érotisme pseudo-païen n'a fait qu'exiger des victimes parmi nous, le médecin bavarois Panizza, spécialiste au cynisme de Henri Heine, auteur du pasquille scénique : *Le concile d'Amour (Liebeskonzil)*, et le baladin Frank Wedekind. Insensible aux revendications sexuelles, Dehmel les a scellées du sceau divin. La duplicité et l'unité de l'homme-femme, son cantique des cantiques l'élucide impérieusement.

Avec le songeur Detlev von Liliencron que deux fois nous avons nommé et dont la spontanéité ne cessa pas, mais regorge de santé, répond de l'avenir des instincts. C'est un beau spectacle, un royaume, un soulèvement de la terre. Ce hobereau qui a son domicile loin de la grande ville, dans les marais, les tourbières, les forêts de la marche danoise disperse l'énergie où le mène la bruissante chevauchée de ses strophes. Il est toujours devant l'airain sonnant de la nature dont les secrets sont ouverts pour lui. Il l'écoute dans ses gémissements, quand la bruyère étincelle de rosée et quand la lande, éternelle conseillère, prononce sa leçon de résignation. Il l'écoute dans l'orage, dans le fracas, et ses flâneries cavalières finissent sur un geste de barbare grandeur. Detlev von Liliencron est un Bismarck complété, un conquérant à l'âme enfantine, un mandataire de la volonté. Mais avec cela,

il est anti-bismarckien, parce que dans l'époque du
plus inexorable utilitarisme de la société il a crié
son sublime : « Ecce poëta ! » Sa sensualité est
fougueuse, elle a le magnifique essor des cygnes des
bois, et elle est opulente comme la floraison du ver-
ger de Boecklin, peintre bâlois, dont on pourrait le
rapprocher, comme on a rapproché l'idéalisme de
Dehmel des eaux-fortes symboliques de Klinger. Il
semble que Nietzsche ait visé Liliencron en écri-
vant son aphorisme : « C'est dans l'ordre que les plus
mâles des hommes règnent. »

Johannes Schlaf dont l'art est le troisième assen-
timent, et que nous observâmes dans sa séparation
de Holz, reste dans les limbes du féminin, quoi-
qu'alors il se modèle, plus expressément que sur
Paul Verlaine, sur l'américain Walt Whitman,
quoique le macrocosme et le microcosme lui disent à
la fois : « Mourir et devenir : c'est sempiternel !
— C'est le tout ! — Nulle raison n'approfondira
mieux. Mais cela fait tressaillir notre sensibilité de
merveilleux frissons comme d'insondables puis-
sances ». Hormis les imprégnés de lumière intérieure, la phase des « âmes lasses » est venue dont
l'emblême a été le roman *Ames fatiguées* du naturaliste norwégien Arne Garborg (1892), et sa débâcle.
En outre, il y avait un interprète plus tranchant
encore de la timoraison et du perversisme, le livre
du hollandais parisianisé J.-K. Huysmans, son
A rebours (1884) où le duc des Esseintes quittait
la crapule zolaïste pour les appartements vitreux du
factice et pour les herbes du jardin virulent. En
Allemagne, le frère lai des bénédictins de Solesmes,
le littérateur Durtal, fut suivi par Ola Hansson seulement, lequel, pour quelques mois, a essuyé l'humeur des curés rustauds que lui envoyait le

cléricalisme bavarois, et par Laura Marholm, son
épouse strindbergisante, qui avait publié son joli-
ment impudent et véridique *Livre des Femmes*
(*Buch der Frauen*). Mais l'instituteur des Esseintes recrute d'autant plus d'écoliers. Il n'est point
permis de taire que une part de la jeunesse
juive et sa curiosité mentalement dépaysée,
que le snobisme des petits écrivailleurs de cafés en
aiment le piment. A Vienne, instiguée par Hermann
Bahr, une corporation de « las » se forme. Parmi
les membres du congrès, de bonne heure s'est fait
remarquer Félix Doermann, poète des *Neurotika*
et des *Sensations* ; baudelairien fâcheux qui à
vingt ans lamentait sa morbidezza et louait la cire
immobile de ses tubéreuses chéries, leur puanteur
qui serait comme celle d'une chevelure de cadavre
et qui, à trente ans, était un robuste artisan de
farces polissonnes. Le docteur Arthur Schnitzler,
plus tard dramatiste, a puisé dans la mélancolie
convenue des « *jeune-vienne* » le feuilletonisme de son *Anatol*, recueil où, trop souvent,
on rencontre les *Amants* de Maurice Donnay ;
la tristesse clinique de sa nouvelle *Mourir*
(*Sterben*) (1894) est bien plus agréable. *Le
jardin de la connaissance*, moralité légendaire
du Viennois Léopold Andrian (1895) ne man-
que pas de charme élégiaque. Mais le plus légi-
time dignitaire du groupe est le prosaïste Peter
Altenberg qui depuis ses prémices de l'an 1896, ses
esquisses *Comment je vois les choses* (Wie ich
es sehe) n'a pas été un trop grand désappointement.
Il a du style, un style personnel, fait d'abréviations,
de chiffres ; ses menus poèmes sont des extraits de
la vie. Sa psychologie est viennoise, juive, fatiguée,
fanée, d'arrière-saison, fin d'automne. Toute com-
passée qu'elle soit, elle ne saurait nous déplaire. On
y est frappé d'attendrissements chrétiens : « Il ne

faut pas donner à toi ou à un seul le bien que tu as trouvé dans les dolents voyages ; donne-le à tous. » Et : « C'est ainsi qu'agit la sainte loi des solidarités organiques. » Peter Altenberg, littérateur, assume la tâche de propager le « grécisme » ; il s'est vanté de réintégrer, avec une gentille et douceâtre philosophie sportive et de la digestion, la vie hébétée du corps. Mais ses prétentions à la nudité et à la souplesse seraient un pur verbiage, si l'on voulait prendre au sérieux leur révolutionnisme à la Multatuli. Elles sont sentimentales et friandes. Le désir de Peter Altenberg va vers les jeunes femmes de la bourgeoisie juive, qui paressent dans les cottages, sont incomprises des mufles qui les ont épousées, vers les jeunes femmes qui, en tremblant, s'attendent au pâle capitaine du « Vaisseau-Fantôme ». Et son désir embrasse les petites filles angéliques qui font un paradis à son bouddhisme.

En 1893, un adolescent dont le nom de guerre était Loris, fut introduit par Hermann Bahr, le lyrique Hugo von Hofmannsthal, issu lui aussi d'une famille juive. Ayant débuté avant la maturité, il en gardera la physionomie de ces virtuoses puérils qui seront des vieillards. Dans un acte *Le jeune homme insensé et la mort (Der Thor und der Tod)*, délicate fantasmagorie, parlant le langage académique et voluté du second Faust, il nous a démontré sa poésie, poésie de grâce et de lassitude. Ses autres créations modulent le thème non sans mélodie et non sans une coquette amabilité. Mais à l'examen, les masques bâillent, de la poussière est amassée dans leurs replis. Hugo von Hofmannsthal est l'esthète, l'indécis, le secondaire. Le théâtre qu'il a dessiné, comme sa *Mort du Titien* ou *La Femme à la Fenêtre (Der Frau im Fenster)* (1899) avec l'égorgement de Madonna Dianora, provient de la somptuosité plastique de l'italien

Gabriele d'Annunzio qui, depuis 1896, avec son néoalexandrinisme, son culte effervescent de la beauté et sa préciosité, impressionne les artistes allemands. En 1904, Hofmannsthal, poète rétrograde, va découvrir Sophocle dont il violera l'*Electra*. Au milieu de la dernière décade du siècle, il fut fort important surtout en tant qu'il appartenait à une secte ésotérique, à la secte symboliste de la revue *Die Blætter für die Kunst*. (Le périodique de l'art pour l'art). Le rival de Hofmannsthal était le Rhénan Stefan George, sorte de disciple de l'idéaliste Stéphane Mallarmé. Son stylisme absolu est justifié par l'éditeur du périodique : « Donc, si les jeunes poètes de notre plus récent mouvement artistique, d'une maîtrise incontestée, prêtent la plus grande perfection à la langue, la plus grande pureté à la rime, s'ils épurent les combinaisons de mots de toutes les inégalités et cacophonies, il est manifeste qu'ils ne font que suivre l'allure uniquement correcte de l'évolution. » Le souci classique de la forme dont Stefan George fait montre, est secouru par la tendance parnassienne qui est absence de tempérament. Elle est fortuitement persuasive dans le bréviaire : *L'Année de l'Ame* (*Das Jahr der Secle*), elle est choquante là où l'on souhaiterait de la fantaisie, dans les strophes mi-helléniques, mi-moyennageuses de tous les autres livres qui ne sont pas ce qu'ils feignent d'être, un *Tapis de la Vie* (*Teppich des Lebens*), mais un gobelin usé et déteint. Après les « Blætter für die Kunst », l'esthétisme allemand s'est confié à une revue : *Die Insel* (L'Ile) dans laquelle le directeur Otto Julius Bierbaum, champion variable, a dépensé beaucoup d'élégance avec l'argent de deux riches amateurs, Heymel et Schrœder ; *Die Insel* a vite dépéri l'inertie du public en ayant dédaigné l'exclusiveté.

Il est compréhensible que, les lubies décadentes passées, un groupe plus effronté s'apercevra de cette dissonance agaçante. Cuirassés de leur béotisme, « ceux qui sont de trop » n'avaient en rien participé aux efforts des artistes ; ils déifiaient les successeurs de Lindau, la confrérie Blumenthal et Kadelburg à côté de laquelle Labiche est un Shakespeare, et le nom du « surhomme » les fit grimacer de plaisir. Le naturalisme strict avait été aggressif, mais sans la véhémence des ironistes français, de la *comédie rosse*, des Becque et des Lavedan. Tout au plus possédait-on les anecdotes malicieuses de Otto Erich Hartleben. Mais en 1896, à Munich le *Simplicissimus*, journal satirique, d'abord copie du « Gil Blas illustré », est fondé ; des caricaturistes de premier rang, Thomas Théodore Heine, sataniste et japoniste décoratif, synthèse de Toulouse-Lautrec et d'Aubrey Beardsley, Bruno Paul, dépendant du Suisse Vallotton, lui sont adjoints. Par ces imagiers, l'Allemagne entière est agitée, le genre du grotesque en est nourri. Ainsi Otto Julius Bierbaum écrit son roman *Stilpe* (1897) où dans des ombres chinoises, déroulées par un clown-paillasse, le coin bohémien de la littérature berlinoise danse devant nos yeux. Et le funambule Paul Scheerbart est proclamé archi-prophète, comme le fut le mage Peter Hille, auteur de la tragédie *Le fils du Platonicien (Des Platonikers Sohn)*, celui qui a demandé : « Renoncement au commerce de commission que sont les coutumes, les travestissements modernes, la société ; de grandes dimensions, du large ; le passé est de pourpre, l'avenir une extase sans bornes ; au milieu de cela, s'enlace la ronde de ma vie, mon sentiment mondial ; moi je suis ; moi je suis, donc il y a de la beauté ; et cette beauté est propre à la grande vie, qui nous tolère nous

tous qui sommes des mondes ». Semblablement
l'archi-prophète Scheerbart dit : « Moi, je suis le
seigneur riant du monde. » C'est un misanthrope,
un anti-érotique qui plane dans l'étendue cosmique,
à travers des myriades de corps célestes où il
s'empêtre avec ses bouffonneries rarement amu-
santes. Il réussit dans le capriccio. Ses romans
bourrés de tas d'histoires brèves, sont indigents,
d'un charlatanisme un peu rance qui redevient
poétique seulement quand Scheerbart se livre à
quelque astrologie.

Mais, poussé par l'intransigeance nouvelle, Frank
Wedekind se lève et avec lui une perception qui,
tout à fait profane, contrebalance la religiosité
d'initiés qu'avait façonnée Dehmel. L'immoralisme
ne veut plus se dompter ; il s'arrache de la servi-
tude, il veut que sa bestialité aussi, souillée par le
moralisme, soit absoute. Frank Wedekind a con-
voité cette absolution, depuis qu'en son drame de
jeunesse l'*Éveil du Printemps* (*Frühlingserwa-
chen*), il a dévoilé le mal dont est hantée la puberté,
depuis que là, Pierrot lunaire, il a osé ses escamo-
tages de saltimbanque. Vagabond, il l'est avec
des poses où le machiavélisme se mêle aux dons du
tentateur Casanova. Son héros dramatique est
l'aventurier qui, comme le dresseur et précepteur
Schwigerling dans le *Philtre d'amour* (*Liebestrank*)
(1899) comme l'athlète Eugen Holthoff, amant de
l'impératrice de Newfoundland, vainc par son biceps
et par ses reins solides. L'imposteur *Le marquis de
Keith* (1901) ricane : « La morale, c'est l'affaire la
plus lucrative du monde » et : « La vie, c'est des
montagnes russes ». Dans Wedekind, l'on flaire
une haine anti-sociale qui est plus terrible que tout
le radotage des politiciens, mais qui n'est que la
douleur du désabusé. La tragédie de cet artiste se
lit dans son drame : *Telle est la vie* (*So ist das*

Leben) où il a parlé par la bouche du roi d'Ombrie, Nicolo, qui, chassé et méconnu, se joue lui-même sur le tréteau, mais qui, racontant ses malheurs, est applaudi, car la foule le croit bon arlequin ; ici, Wedekind a trouvé le symbole : « En avant, mes frères, ne manquons pas à la foire de ceux qui sont gibier de potence. Une fois seulement par an, la chance nous donne la main. » Cela est grand.

Les petits critiques ont tout autrement taxé l'art de Wedekind ; ils ont fixé que c'était du « style de variété », opinion qui, en 1900, a contribué à une entreprise nouvelle. Mais plusieurs engouements pseudo-littéraires prévalaient : l'attraction toujours faible du drame sérieux dans les théâtres bourgeois, la vogue métropolitaine des cafés-concerts, tel le succès d'Yvette Guilbert, laquelle, avec la pédanterie d'une institutrice anglaise, exploita l'Allemagne en important les vers de Rollinat, de Jouy, de Bruant, de Xanrof, telle la tournée d'une troupe « montmartroise » dite « La Roulotte », avec quelques récits fabuleux sur le « Chat noir », l'œuvre des maîtres d'affiches, et enfin l'exposition universelle de 1900 et sa « Rue de Paris ». Lorsque les lettrés allemands s'emparaient de l'idée, elle fut naturellement embourgeoisée. Le baron Ernst von Wolzogen dont la muse facile avait fredonné de petites chansons à la Béranger, et qui dans des romans, dans des pièces et dans des contes humoristiques (l'on en exceptera quelques nouvelles et le livre *Ecce ego*, point inférieur à Ompteda) avait pratiqué une certaine gobemoucherie à la Murger, établit à Berlin, avec un coq-à-l'âne se délectant du surhomme, son *sur-cabaret*, son *Ueberbrettl*. On espéra que ce théâtre serait favorable à la popularisation de la lyrique chantée, à une réforme de la danse ; il n'en fut rien. Les entrepreneurs obtempéraient au goût du public ; les régisseurs n'en gagnèrent que de médiocres musiques

sur des textes gais de Bierbaum (*Le mari joyeux*)
(*Der lustige Ehemann*) et sur des textes saisissants
de Liliencron. Un théâtre de concurrence « Les onze
exécuteurs » (Die elf Scharfrichter), à Munich, a
déjà sombré.

·

L'effet que ces courses errantes des littérateurs et
ces banqueroutes eurent sur les classes moyennes
de l'Allemagne, sur les couches sociales non mal-
veillantes comme la confrérie Blumenthal et Kadelburg, mais animalement et patiemment solides,
n'était pas avantageux.

Toutefois, dans la lenteur, le rêve de l'art l'em-
porta ; la certitude que la vie nationale devait être
reproductrice, que la pénible lutte de l'ère n'avait
pas été en vain, que la base collective était trans-
férée et qu'il fallait une refonte des éléments. Le
terme programmatique d'une « éducation à l'art »
est discuté par les maîtres d'écoles, dans les bro-
chures et dans les gazettes. Exubérante est la ger-
mination qui se fait dans les beaux-arts. Si Bœcklin et son soleil homérique est mal accueilli d'abord,
Hans Thoma dit sa piété villageoise, l'innocence de
ses bergers. Il peint des tableaux où, submergé d'un
clair de lune très allemande, un garçon musicien
manie l'archet, et où, grand'mère susurre aux enfants
des contes à dormir debout. Uhde invente son sau-
veur biblique aux yeux charitables de journalier
champêtre, et les paysagistes allemands se promè-
nent dans une giboulée lumineuse qui inonde non
seulement les laboratoires, mais aussi les sites taci-
turnes. Le périodique : *Kunstwart* (Le gardien de
l'art) dont le lyrique Ferdinand Avenarius, de
Dresde, et le peintre Schultze-Naumbourg, sont
les plus éminents rédacteurs, conserve et généra-
lise avec un bon sens de loyal papetier. En 1899,

les gens que ce « Kunstwart » sollicite, acquièrent
un tuteur impertinent, mais aussi bonasse, dans la
personne de Rudolf Huch, avocat de Brunsnik
qui, dans son pamphlet. *Davantage de Gœthe
(Mehr Goethe)* raisonne que l'Allemagne est lasse,
de la littérature moderne, qu'il faut revenir aux
traditions. Fritz Lienhard, vrai Teuton d'Alsace,
qui, dans la capitale, s'était fait estimer pour ses
aimables vers et ses drames où s'accusait un fidèle
attachement à l'histoire de la nation, aux temps des
Nibelungen et des « minnesaenger », défie la
ville qui, selon lui, était coupable de tout le dénouement, défie, dans un autre pamphlet, plus juste que
Huch, *L'hégémonie de Berlin. Die Vorherrschaft
Berlins*). Et le professeur Richard M. Meyer,
l'un des savants et critiques les plus versatiles de la
philologie berlinoise, ayant lancé son ample « littérature allemande du xixᵉ siècle », l'érudit Adolf
Bartels oppose à son libéralisme présomptueux une
littérature allemande du temps présent, où, anti-
libéral, il notifie plutôt un médiocre antisémitisme,
qui ne sert à rien qu'à des bassesses de cuistres. Et
lorsque le « mouvement » est prêt, le régionalisme
de M. Lienhard a heureusement le dessus, lieu commun qui, ainsi que toute décentralisation, a favorisé quelques activités jadis inertes. Le mot allemand, qui est adopté par les journaux, est *Heimatkunst*, art de la petite patrie, art du terroir. M. Lienhard, non content de cette phrase, en met en circu-
lation une autre : *Hœhenkunst* (art des hauteurs).
La méchanceté du critique berlinois Leo Berg, y a
répliqué par l'aperçu que « Heimatkunst » était le
naturalisme des esprits bornés. Positivement, les
débats ont été très inféconds, et l'amélioration du
roman de famille qu'on aurait pu espérer, n'est que
mince. Parmi les œuvres qui selon les gazetiers sont
annexées à la nouvelle catégorie, les livres des

Suisses J. C. Heer, Ernst Zahn, du Tyrolien Bre-
denbruecker et de tutti quanti n'égalent jamais l'art
populaire tel que l'avait mûri le Styrien Peter Rosegger (Les bénédictions de la terre, Erdsegen). Le théâtre dont les régionalistes font l'éloge, et que, par
exemple, ils ont essayé dans les vallons et sur les
prés de la Thuringue, ne surpasse pas la pauvreté
des villageoiseries de Heinrich Sohnrey. Même
désormais le bon art du terroir ne prospère que
hors du corps de métier, soit l'art distingué du
poète et critique Wilhelm Weigand, auteur du
livre *Die Frankenthaler* (*Les habitants de Fran-
kenthal*), soit l'art sain, robuste, optimiste de
Mme Clara Viebig qui, pour ses descriptions des
montagnes de l'Eifel, des cratères éteints et des popu-
lations rhénanes dans *Les filles de l'Eifel* (*Tœchter
der Eifel*), et *Das Weiberdorf* (*Le village des femmes*) (1900) mérite une réputation de bon aloi ; soit
enfin l'art courageux du pasteur Gustav Frenssen
qui, compatriote de Liliencron, en 1902, avec son
roman paysan *Joern Uhl* a un succès retentissant.

Et précisément par des romans, depuis 1900, les
poètes allemands vont délimiter l'espace, couronner
l'adoration séculaire, payer la rançon des offenses.
Depuis 1900, notre littérature a une expression
du moins où elle se voit asservie la forme, où les
mystères psychiques d'une race, d'une culture
sont vraiment perceptibles, où les créateurs sont
des spontanés juxtaposés, mais aussi des coeffi-
cients dans la substance.

La solitude qui avait régné autour des grands
dignitaires de 1900, autour de Nietzsche, de Liliencron, et de Dehmel, n'est plus ; on ne voit plus les
armoiries du génie. Mais chacun des néophytes a
en lui le grand sérieux, la religion de la vie mul-

tiple ; l'inconscient maintenant est cédé à une communauté. Donc, rendre des honneurs excessifs aux
rejetons, les dépareiller, serait de l'infatuation et
du snobisme ; refuser ces honneurs au phénomène de l'éclosion, serait de la pusillanimité, même
s'il n'y avait rien d'autre que le romantisme miraculeux de Mme Ricarda Huch, qui, au-dessus de
la *Ruelle du Triomphe (Aus der Triumphgasse)*
(1902) de l'abjection et de la boue alluma des flamboiements calmes comme de topazes diaphanes.
Chronologiquement, un livre du poète juif Jacob
Wassermann, originaire de la Franconie, avait la
primauté publique : *L'histoire de la jeune Renate
Fuchs (Die Geschichte der jungen Renate Fuchse)*
(1900). Ce roman-là n'aurait pas tant ému les
âmes, ému comme une injection subcutanée, sans le
zionisme, psychose et transport atavique, qui s'y
infiltre. Car l'héroïne, demoiselle romanesque qui,
s'échappant de sa famille juive à Munich, fuit avec
le jeune étudiant Anselme, obéit à la suggestion de
Peter Graumann, impresario cabotinant, et se fait
musicienne de taverne, est appelée en Galicie par
le messie des Juifs, Agathon. A l'heure de sa mort
et dans un mariage mystique, il la rend enceinte ;
elle enfante Beatus, celui qui verra le bonheur. Le mélodrame a une thèse ; c'est que l'âme de
la femme est d'asbeste, pure, intacte dans le feu de
l'ignominie sexuelle, thèse de recèlement, et hélas,
un peu bovarysante dans les petites saletés. D'autant
plus l'art descriptif, l'intuition du mélancolique
Wassermann est estimable. Son art crépusculaire
dédaigne la technicité accoutumée, il est une élégie
toute de sons et de couleurs, il laisse inachevés les
décors, les salons, les jardins, les bords du lac, il
remplace le dialogue par l'écho qui vibre dans les
profondeurs ; le tout, les paysages, les mains, les
regards, les gestes, est dévoré d'ombre. Après

Wassermann, il y a eu des chroniqueurs plus clairs, plus sonores, moins zionistes du psychisme allemand. Même avant lui, Kurt Martens en avait dit, dans son *Roman de la décadence* (1898), les secrets avec un don d'analyse, une grâce et une ironie très urbaines qui, dans notre culture, étaient une note nouvelle. Seulement l'esthétique de *Renate Fuchs* arriva fort à propos dans un temps où la philosophie du Flamand Maurice Maeterlinck, les drames pour marionnettes de ce virtuose monocorde, son *homme mystique* et ses vues sur l'infini prêtaient secours aux faibles dilettantes qui auraient voulu réhabiliter un stoïcisme efféminé, le substituer à des solennisations de style mâle. Les fats des cliques ont calqué la métaphysique édifiante du *Trésor des Humbles* et sa loquacité dont le bon Emerson est l'aïeul ; M. Maeterlinck a eu crédit sur beaucoup d'esprits parmi nous, et sa gracieuse *Monna Vanna*, la femme nue sous le manteau, a été épiée par le public allemand qui s'était moqué des tonnerres shakespeariens de la *Princesse Maleine*, de la sanglotante féerie de *Pelléas et Mélisande*, de toutes les poésies antérieures que le subtil critique Maximilian Harden avait exaltées déjà, en 1891. Mais l'influence de Maeterlinck est utilisée dans un autre sens encore, dans le sens d'une « renaissance religieuse » dont certains protestants libres comme l'éditeur Diederichs, éditeur aussi des œuvres de Ruskin, se chargent à l'effet d'instruire les mêmes lecteurs qui, jadis, avaient été gagnés par le monisme des Boelsche et Wille. De ces deux, Bruno Wille a considérablement enrichi sa faculté poétique dans les *Révélations du genévrier (Offenbarungen des Wachholderbaums)* (1903) où chaque arbre, chaque buisson, chaque rocher et chaque nue est animée, et qui sanctionnent le mot de Nietzsche, selon lequel la nature est le grand moyen d'apaisement, une très grande pendule que nous « écoutons battre avec un désir de paix, avec une nostalgie, un besoin de tranquillité comme si nous pouvions absorber cette mesure et par cela nous réjouir de nous-mêmes. »

Nous voici dans une pause et peut-être dans le point solsticial de notre mouvement littéraire. Nous pourrions griffonner quelques traits d'actualité, mais rien presque absolument rien n'est notable, hormis l'exorbitante importation d'art étranger, zèle qui jamais, ni lors de Tolstoï, ni de Zola, ni d'Ibsen, ni de Strindberg, n'a été si glouton, et qui alla jusqu'à des réimpressions de luxe. La maison Diederichs, les libraires-éditeurs de « Die Insel » et la maison Bard firent des émules, tandis qu'auparavant, depuis l'âge « héroïque » du naturalisme, la maison berlinoise S. Fischer était sans rivale et que sa revue *La Scène libre (Freie Bühne)* marquait une époque ». Sans ordre intellectuel, on a traduit Stendhal et Barbey d'Aurevilly, Carlyle et Walter Pater, Taine et Browning. Il y a peu de mois, le paradoxiste Oscar Wilde, sa flaubertiade *Salomé* et le *Dorian Gray* où le pauvre viveur aux yeux infortunés et aux mâchoires de boucher s'est appliqué à la pyrotechnie, était de mode. M. Franz Blei, qui est parmi nos snobs, a plaisanté sur ces hasards : « Mais, hélas ! les éditeurs, les auteurs et les traducteurs sont provisoirement les seuls idéalistes allemands et, pour que les autres allemands le deviennent également, je ne vois point d'autre remède, si ce n'est que les autres allemands se fassent eux aussi, soit éditeurs, soit auteurs, soit traducteurs de pareils livres messagers de *culture*. » La raillerie est un peu trop prompte, car nous disposons de bonnes choses comme de notre mer, de nos champs, de nos bois, de notre sang ; quant à moi, je préfère les conclusions de M. Barrès et sa maxime :

« Amori et dolori sacrum ». Et il se fait que nous avons rencontré, grâce à ces importations, la sagesse affirmative de l'essayiste suédoise, Mlle Ellen Key, qui est bien une Germaine du Nord. S'attachant au philosophe du *Gai Savoir*, elle est la seule femme qui, dans la littérature germanique d'aujourd'hui, soit sincère ; elle est la maternité, l'amour de la génération prochaine. Son individualisme magnanime est un soulagement, et il moissonnera les semailles de Nietzsche ; il sera la devise des Allemands de demain. Au reste, l'on ne saurait ne pas répéter l'assurance un peu pédantesque que, dans une semblable situation, le raisonnable historien de la littérature française, M. Lanson, a employée : « Personne ne peut dire si, dans aucun genre, les hommes nécessaires viendront. S'ils viennent ici et non pas là, il y aura création ici, et là stagnation. S'ils ne viennent nulle part, tout ira en dissolution jusqu'à ce qu'ils apparaissent, et nul ne peut prévoir où, quand et comment commencera le renouvellement. » C'est très commode et très infaillible.

II

LA POÉSIE

On peut admettre et avancer que les meilleurs lyriques de l'Allemagne d'hier, en tant que Gœthe et son universel lyrisme de circonstance les ont admis, sont : Mœrike, Gottfried Keller, Conrad-Ferdinand Meyer, Storm et Greif. Les autres furent supplantés.

D'abord l'évolution glissa sur Emanuel Geibel que nous avons mentionné et qui, favorisé par le roi de Bavière, dans la cinquième décade du siècle, a été chef des « *classicistes* » Munichois ; acceptable pendant que la bourgeoisie allemande reprenait haleine de 1848, plus tard, son inanité fut rebutante de sorte que la notion de « lyrique d'épigones » sera toujours liée au souvenir du poète des *Cris de héraut* (*Heroldsrufe*, 1871). Les Bavarois Hans Hopfen et Hermann Lingg, ont des relations avec lui ; Hopfen, vigoureux et compact s'est détourné du lyrisme pour écrire des romans, Lingg, qui par son épopée *La migration des peuples* (*Die Vœlkerwanderung*, 1866-1868) évoqua l'histoire, s'est arrêté dans le pathos. Mieux que lui, Heinrich von Reder entraîne par la virilité de ses ballades. Mieux encore que Geibel, le classicisme du Suisse Heinrich Leuthold s'approche de l'impeccable Platen ; ce lamentable poète qui, en 1879, mourut dans une maison d'aliénés, n'était qu'un médiateur dont les strophes sont le rapport d'indicibles luttes mais qui semblent composées de tête froide. On a déjà oublié ses poèmes didactiques et ses *chansons à boire* ; on n'oubliera jamais ses excellentes traductions de formes romanes. Un peu plus vivace est le lyrisme du classiciste Paul Heyse. Rarement dans son eurythmie qui pour l'ouïe est parente de celle de Gœthe, le cœur est mis à nu. Même ses complaintes *Sur la mort d'un enfant*, le plus humain de ses poèmes, sont modérées et soigneusement polies. Ses réflexions sont académiques, onctueuses ; nulle part, ni dans les sentiments ni dans la pensée, la tragédie ne s'annonce, cela est dans le style de la musique de Félix Mendelssohn-Bartholdy. Perfectible au commencement, Paul Heyse ne s'est point perfectionné ; il n'a pas eu la chance de vieillir, de s'écouler à l'égal des arbres ; suivant les lois de la nature, il a gardé le sourire de la jeunesse, ses boucles de trouvère sont parfumées des senteurs d'antan, mais la figure de ce représentant de la beauté est infiniment fastidieuse, au lieu que les perturbateurs qu'il a outragés, le Wagnérisme et la littérature depuis 1885, lui survivent. Ainsi que Leuthold, c'est par l'adaptation du romanisme, comme de la poésie érotique des Italiens et de son aménité, qu'il a effleuré le vrai.

Dans une proportion singulière l'efficacité de Henri Heine, s'est atténuée. Son indécision sentimentale dure plus longtemps, quoique la contemplation affligée de la nature, le deuil des petits romantiques allemands remonte non à lui, mais à Lenau. Le second legs de Heine, la *maladie du siècle*, a été endossé à un grand nombre de poètes. Il fut transféré à Edouard Grisebach, bibliographe méritoire, qui, dans son *Nouveau Tannhæuser* (*Der neue Tannhœuser*, 1869), a systématisé la dépravation « voluptueuse » du goût, transféré à l'autrichien Robert Hamerling (*Ahasvère à Rome* 1866 ; *Le roi de Sion*, 1868), transféré au Suisse Ferdinand von Schmidt, connu sous le pseudonyme de Drammor (*Poésies complètes Gesammelte Dichtungen*, 1873),

transféré à Fitger, peintre brêmois, que nous
avons nommé avec le dramatiste Richard Voss
(*Nuits d'hiver*, Winternæchte, 1881), transféré au
pensif Adolf Schafheitlin et au prince Emil von
Schœnaich-Carolath (*Odes en l'honneur d'un amour
perdu*, *Lieder an eine Verlorene*, 1878 ; « Dichtungen, *Poésies*, 1883). Ce gentilhomme libéral est tout entier à l'ennui auquel, parmi les Russes, se sont livrés Pouchkine et Lermontow, parmi
nous l'auteur du *Romanzero* ; ses héros idéologues
sont des cousins embourgeoisés de Lara et de Frank.
La femme, avec ses paraphrases de Schopenhauer,
est « le Sphinx » ; la chaste Angélina, dont la jeunesse était séraphique, inopinément enlevée, gît sur
le cercueil, en proie à la fatalité, au vice. Le poème
sur la *mort de Don Juan* s'élance vers Dieu ; ici la
femme sauve le génial scélérat, mais le *Judas à
Gethsemane* encore une fois se convulse. Malgré
le défi athéiste, malgré la haine rhétorique, un haut
altruisme distingue Schœnaich Carolath, qui dans
sa nouvelle *Le messie des bêtes* n'est pas loin d'être
excessif. Si ce lyrique, avec une sensibilité nulle-
ment traditionnelle, s'est plongé dans la vie de la
nature, les parvenus ou les non parvenus de 1885
étaient des énervés ; quant à eux, la mémoire de
Heine leur a été funeste de telle façon que, pour la
poésie, Heine ne vit qu'en apparence, soit dans les
Odes d'un homme (*Lieder eines Menschen*), où,
de nos jours, le littérateur Ludwig Scharf, conféren-
cier du cabaret munichois « Les onze exécuteurs »
fulmina, au nom d'un anarchisme de parade, contre
Dieu, contre l'Eglise, contre les prêtres ; soit dans
les strophes « Parisiana, deutsche Verse aus Paris »,
1901, où l'évadé Panizza s'est vengé de la rancune
des procureurs allemands qui détestaient la copula-
tion du catholicisme, de l'immaculée conception des
papes, avec la syphilis. M. Henri Albert a fait con-

naître, à des lecteurs français, ce « quarante-huitard » qui « du haut de son cinquième de la rue des Abbesses » a perçu comme un chant de bataille les accords de la *Marseillaise* ; puis rentré en Allemagne et déchargé, sous un prétexte médical, du crime de lèse-majesté, il se remit à promener, dans la Bibliothèque nationale, le sourire « de ses lèvres amères. »

Autant que Heine s'éloigne du premier plan, le lyrique Souabe Eduard Mœrike, compatriote de Schiller et de Hœlderlin, pasteur protestant, y est avancé. En 1875, à Stuttgart, le raboteux guide esthétique de l'Allemagne d'hier, le professeur Friedrich Vischer, lui avait dédié ce nécrologue : « Tu ne seras pas illustre chez ceux qui ne conçoivent point que, dans notre monde, le poète introduit un autre monde, plein de miracles suaves et immenses. Mais il y a une alliance que tes rêves merveilleux délectent et ravissent, et qui, de cercle en cercle, augmentera, et ceux qui dans ta concorde sont d'accord, formeront des réunions et des réunions ». Eduard Mœrike vivait à part, dans sa paroisse de Cleversulzbach où il imagina les épreuves de son *Coq du Clocher* (*Der Turmhahn*), idylle très humoriste que Tourgueniew a sue par cœur. Son naturel avait besoin de la solitude : de son coin, il a regardé les choses ainsi qu'un enfant qui se joue. Voici l'hommage rendu par Richard Wagner au compositeur du *Freischütz* Karl Maria von Weber : « Tu es un privilège de l'Allemand, tu es un beau jour dans sa vie, une goutte chaude de son sang, un morceau de son cœur » ; c'est Mœrike qu'il pourrait concerner. Très intime est la filiation qui existe entre lui et le romantisme. Moritz von Schwind, le peintre viennois des gnomes, des Kobolds, était son ami qui lui a illustré son *Histoire de la belle Lau*, fable plus charmante que même l' *Ondine* (*Undine*) de Fouqué. Et le roman de Mœrike *Le pein- tre Nolten* (*Maler Nolten*) (1832), qui fait errer le génie rêveur et chancelant entre sa fiancée Agnès, fille d'un forestier, la comtesse Konstanze et la bohémienne Elisabeth, a le fantasque instable de la « Dolorès » d'Achim von Arnim, l'enthousiasme vague de Tieck et des « voyages de Franz Stern- bald ». Mais le lyrisme de Mœrike est homogène avec celui de Gœthe, parce qu'il est la vie personnelle, la vie des idées et des sens, transcrite en des méta- phores figurées, évidentes, parce qu'il est le « lied », la chanson imaginaire. L'un des camarades de Mœrike, le Souabe Ludwig Bauer, lui a écrit : « J'aime que tout ton être ne soit présent à mon esprit dans ses nimbes que quand les pensées ordinaires comme des manœuvres las se couchent et quand la baguette divinatoire de mon cœur en vacillant s'abaisse vers les métaux primitifs. » Mœrike, c'est l'âge d'or, c'est le dimanche de l'âme ; il chante la nuit, les « armées sonnantes » du ciel, la « foule chuchotante des forces ter- restres », il chante les sources, les saisons, le tout dans une paresse visionnaire. Dans quelques stro- phes, il a la limpidité et la plénitude de Gœthe. Un de ses amis a caractérisée ainsi sa vertu de poétiser, de fleurir même la réalité la plus humble : « Mœrike prend une poignée de terre, il la presse un peu et de suite un oiseau s'envole ». Il n'est pas fortuit qu'à lui se soit conformé le plus subtil des musi- ciens lyriques de l'Allemagne moderne, le malheu- reux Hugo Wolf.

Comme Mœrike, les deux Zurichois Keller et Conrad-Ferdinand Meyer, sortent de la race souabe, sont des lyriques sculpteurs et de valeur intrinsè- que, quoique le scribe plébéien qui dans la chambre enfumée d'un débit de vins vidait ses chopines,

et le patricien francisé, peu fréquenté, n'aient pas
été compatibles. Gottfried Keller doit ses vers à
son obstination, à son mutisme que l'on nous a
dépeint : « C'était la même chose, qu'un jeune ours
apprivoisé ou qu'un poète fût attablé parmi nous ;
car nous n'entendions qu'un grognement inarticulé. »
Son endurcissement résultait de ses tourments d'artiste, puisqu'il inclinait à la peinture ; en 1843, à
l'âge de vingt-trois ans, il rompit son ban. Sa lyrique
est lourdement pittoresque ; une âme neuve, une
âme de rustre, s'y étonne de la beauté : « Buvez,
mes yeux ce que tient la paupière, de l'abondance
dorée du monde. » Lui aussi était fidèle à la nature,
au vieux Pan, et il se ployait comme les blés
mûrs. Un reflet rose de couchant, un reflet de pourpre est sur ses poèmes, un goût de vin rose s'en
exhale. C'est un art de foyer qui sait qu'après la
flamme d'encens l'on rallumera les mauvais
charbons comme au temps de nos ancêtres ; il n'est
pas folâtre, mais très profond. Il se sent à son
aise principalement dans les narrations objectives.
Chez Conrad-Ferdinand Meyer le reflet de pourpre est plus éloigné, refroidi par la neige des gla-
ciers. Liliencron a désigné son aristocratisme dans
une épitaphe sublime ; il a dit de lui que ses vers
rappelaient un casque d'or magnifiquement ciselé
tel qu'on en expose dans les salles d'armes. Meyer,
comme le Goethe du *Tasse*, était épris des formes de l'antiquité ; Michel Ange, le Titien, les
condottieri de la Renaissance, étaient ses héros.
Sa plasticité n'a pas toujours été immobile ; seulement l'an 1870 et les événements militaires qui
l'incitaient à écrire en allemand, ont fini la prépa-
ration subconsciente et proféré ses soixante et onze
ballades *Les derniers jours de Hutten* (*Huttens
letzte Tage*, 1871), où, avec beaucoup de philosophie, il a transfiguré la chronique de la réforme et

de ses défenseurs. Son poème *Engelberg* (1873), hymne adressé aux régions transalpines, est la transition à une autre période de cet artiste dont Keller a comparé la pompe à des vêtements de brocart.

Theodor Storm, vieux magistrat d'une petite ville du Schleswig-Holstein, qui entretenait une correspondance avec Keller, et qui a une fois visité Mœrike, en 1887, lorsqu'il était septuagénaire, a répliqué à un congratulant : « Comme cela se rencontre qu'il ne m'ait pas fallu mourir l'hiver dernier, pour enfin apprendre par d'autres ce que dans moi depuis quarante ans je savais. » Les lyriques de la jeune génération l'ont aimé, mais c'était trop tard. De nouveau, ce fut la reconnaissance de Detlev von Liliencron, son voisin, qui orna de roses rouges son sarcophage blanc, et qui préconisa la simple et patiente individualité de Storm, sa fantaisie « oiseau multicolore qui de l'aurore s'en vient chez nous », ses poèmes doux comme la voix du rossignol qui chante tout bas, sa gravité attendrie par laquelle ensemble avec la demoiselle Annette von Droste-Hülshoff, sobre westphalienne de 1840, il décrivait les provinces du nord. Dans de touchants vers, Theodor Storm a éveillé cette lande que Liliencron devait traverser à cheval, les collines que le peuple croit être des sépulcres de géants, le bourdonnement des abeilles, les cabanes, les herbes noires, les brouillards qui dansent, et, infligés par la mort, les déchirements du cœur. Il s'était emprisonné dans son cher Husum, « ville grise près de la mer grise », où nulle forêt ne murmure, où la macreuse crie au-dessus des dunes tristement. A ce modeste il fut donné de décéder avec le sentiment de la persévérance, car en lui le poète n'était point séparé de l'homme. A cette élite de lyriques on pourra en ajouter trois encore : Klaus Groth qui de l'idiome des gens du Holstein, des *Dithmarschen*, a tiré une sagesse espiègle comme les dessins du grand humoriste de la Basse-Saxe, Wilhelm Busch, et qui dans son *Quickhorn* (1853) a bien donné la « fontaine de jouvence » que le titre indique ; Theodor Fontane dont les *Poèmes* (Edition complète de 1889, ancienne édition de 1851) avec un vif réalisme ont déroulé les épisodes historiques de la Haute-Écosse des châteaux et chaumes de Brandebourg et lequel pour les indulgentes épigrammes d'un gloseur très prussien sont d'un intérêt humain ; l'ex-officier bavarois Fr. H. Frey qui sous le pseudonyme Martin Greif, a publié des recueils de vers (1868, édition définitive 1903) où certaines scènes de la nature sont du plus intense lyrisme.

Des talents surgis après les initiateurs Liliencron et Dehmel voici le résumé : Gustav Falke, professeur de musique à Hambourg, s'écartant de l'exemple de son ami Detlev, s'est recommandé à un art toujours gracieux et proportionné : le parlement de Hambourg, afin de lui épargner toute privation, lui a accordé, en 1901, une rente modique et l'a fait pensionnaire de l'État, mesure qui à la condition sociale de la littérature a été plutôt favorable (*sieur Tête-de-Mort*, *Mynheer der Tod*, 1891 ; *Danse et dévotion*, *Tanz und Andacht*, 1893, *Entre deux Nuits*, *Zwischen zwei Nachten*, 1894 etc., etc.). L'art honnête de Ferdinand Avenarius est résumé dans sa méditation *Vis !* (*Lebe*) ; le poète juif Ludwig Jacobowski qui mourut en 1901, à l'exception de ses médiocres romans *Werther le juif* et *Loki*, nous a laissé les sympathiques poèmes des *Heures luisantes* (*Leuchtende Stunden*, 1898). Les vers de Hartleben (1895, *Der Halkyonier*, 1903) ne sont qu'un passe-temps, les expériences lyriques de Bierbaum (*Poèmes vécus*, *Erlebte Gedichte*, 1892 ; *Irrgarten der Liebe*, *Labyrinthe de l'amour*, 1901) se plaisent à un maniérisme qui soit sous les clichés

des cantiques luthériens, soit des anacréontiques du
xviiie siècle, soit du jeune Gœthe, exhibent une cor-
pulence friande. Les recueils lyriques de John
Henry Mackay, *l'Année forte* (*Das starke Jahr*)
et *Régénération* (*Wiedergeburt*) n'avaient pas
l'éclat de son livre *Tempête* (*Sturm*) 1888 ; il lui
faut attribuer la publication *Amis et Compagnons*
où des poèmes de maîtres furent imprimés sur
des feuilles à bon marché. Bruno Wille dans son
Art d'ermite du fond des bois de pins (*Einsiedel-
kunst aus der Kiefernhaide*) a fixé de la poésie
vraie et restaurante. Cæsar Flaischlen, venu de la
Souabe, tempérament un peu sec et doctrinaire, dans
Jour morne et soleil (*Alltag und Sonne*) s'est occupé
à prosaïser les rythmes. Grand est l'empire de Dehmel. Alfred Mombert, avocat à Heidelberg, (*Jour et
nuit, Tag und Nacht*, 1894 ; *L'Incandescent, Der
Glühende* 1896 ; *La Création, Die Schœpfung*, 1897 ;
Le Songeur, Der Denker, 1901) ; solipsiste ne recu-
lant pas devant le grotesque, monomane possédé de
lumière, et Maximilian Dauthendey, l'auteur orphi-
que des livres : *Ultraviolett, Reliquien* et *Phallus*,
se meuvent dans le désarroi. Rainer Maria Rilke
(*Livre d'images, Das Buch der Bilder*), Wilhelm
von Scholz (*Le miroir, Der Spiegel*), Emanuel von
Bodman (*De la terre, Erde ; Chansons nouvelles,
Neue Lieder*), Richard Schaukal (*Mes jardins,
Meine Gærten*), Leo Greiner, Hans Bethge, Hermann Hesse et Christian Morgenstern ont la diver-
sité des tendances néoromantiques. Hugo Salus,
musicien à Prague, pratique ce genre de poésies
futiles où, avec moins d'élégance et avec plus
d'obligeance pour le goût des familles, Carl Busse
(1892) et Mme Anna Ritter, talent minime (1898) ont
eu du succès. Des poètes Hans Benzmann, Boerries
von Münchhausen, Mme Alberta von Puttkamer, et
Mlle Agnes Miegel, d'appréciables ballades ont éta-

bli la renommée. L'autrichienne Marie-Eugénie delle Grazie, disciple de Hamerling, dans son *Robespierre* (1894) a prétendu au renouvellement de la poésie épique, où cependant notre littérature n'a qu'un seul créateur, le suisse Carl Spitteler, et une seule création, son *Printemps olympien* (*Olympischer Frühling*).

De cette originalité aux vanteries puériles du faux surhomme lyrique Franz Evers, ou aux nauséabondes perversités que sous les noms de Marie-Madeleine, Dolorosa et comme cela ont naguère fabriqué quelques petites demi-vierges ou non-vierges de Berlin, la distance est assez grande.

LE ROMAN

D'après Gœthe, le roman est « une épopée sub-
jective où l'auteur prend la licence de traiter le
monde à sa manière. Donc, l'on se demandera seulement, s'il y a une manière ; le reste s'arrangera. »
Les romanciers de gazettes et de famille qui, au
lieu de *Wilhelm Meister* et des *Affinités électives*,
étaient lus jusqu'en 1885, auraient été impossibles
dans une nation cultivée, non dégradée par l'indus-
trialisme. Nous nous contentons de n'énumérer que
les livres-types du roman raisonneur. *Wally la
Douteuse* (*Wally die Zweiflerin*) et les *Chevaliers
de l'Esprit* (*Ritter vom Geiste*) de Karl Gutzkow ont
paru entre 1835 et 1852. En 1861 Spielhagen, par
les *Natures problématiques* dont il a été question,
commence la série dont la vente en 1899 avec le
Nouveau Pharaon a été arrêtée court. En 1865
le bon poète juif Berthold Auerbach qui s'était fait
aimer de la bourgeoisie par la trop fade philosophie
de ses contes paysans à la Erckmann-Chatrian (*Histoires villageoises de la Forêt Noire, Schwarzwæl-
der Dorfgeschichten 1843*) publia : *Sur la hauteur*
(*Auf der Hœhe*). Les proses plus saines de Freytag
(*Débit et Crédit, Soll und Haben 1855 ; Le Manuscrit égaré, Die verlorene Handschrift 1864*), de Reuter (*Scènes de ma vie agronome, Ut mine Stromtid
1864*), du frison Hermann Allmers (*Marschenbuch*)
n'eurent jamais le succès de cette ineffable *Uarda*
de l'« égyptologue » Georg Ebers. Dans l'œuvre de
Wilhelm Jensen, originaire du nord-est du Schles-

wig-Holstein(*Vers la fin de l'empire, Am Ausgang des Reiches*) et de l'ancien directeur du théâtre impérial à Vienne, le mecklembourgeois Adolf Wilbrandt (*Hermann Ifinger* 1892 ; *l'Ile de Pâques, Die Osterinsel 1895*) les bonnes qualités sont moindres que les qualités blâmables. Paul Heyse n'a été qu'un épigone dans son roman libéral *Les enfants du siècle* (*Kinder der Welt, 1873*), et la divinité de la chair que fêtent les artistes de son livre *Au Paradis* (*Im Paradies* 1875), est une mascarade d'atelier. Mais ses nouvelles provençales et napolitaines (*L'Arrabiata*), formées dans l'art des conteurs latins, du Boccace au Mérimée de la *Colomba*, ses paysages florentins, la note helléniste de son *Dernier Centaure*, le morendo de ses nouvelles allemandes où l'amour et l'amitié, les sentiments de luxe sont exclusivement subtilisés, où au « singulier » de Gœthe, aux êtres de choix il est accordé d'enfreindre les lois de la morale, dans la septième décade, ont été le résidu le plus valable de feu l'esthétique de Weimar.

D'ailleurs, le roman qui, strictement parlant, est le roman de notre vie d'hier, dérive. La base n'en est pas la majesté gœthienne, mais le rire du vaporeux romantique Jean-Paul Richter que M. Maeterlinck a dit énorme et grand, et qui non seulement est le législateur des belles âmes, le demi-dieu des bas-bleus de 1800, l'auteur du *Titan*, mais aussi le biographe scurrile des petits bourgeois Dr. Katzenberger, Quintus Fixlein, Schmelzle, Wuz et Siebenkæs. En 1857, un maître débute, et surpasse même dans son premier tâtonnement les autres écrivains de la probité, le professeur et archiviste W. H. Riehl, le mecklembourgeois Heinrich Seidel, biographe de *Leberecht Hühnchen* (1882) et Hans Hoffmann (*Sous le ciel bleu, Unter blauem Himmel*) (1881). C'est le brunswickois Wilhelm

Raabe et sa *Chronique de la ruelle aux moineaux* (*Chronik der Sperlingsgasse*) qui, selon le mot de Wachholder, l'un de ses personnages, écoute la voix de l'Éternel dans le vacarme de la petite rue aussi bien que dans les bruits de la mer, du tonnerre, du vent, et est imprégné d'amour pour ceux d'ici-bas. Raabe, témoin de la corruption de 1875, s'est portraituré dans son *Christoph Pechlin* : « Quel moyen le poète solitaire avait-il dans son angoisse, dans son dégoût, dans sa cachette, si ce n'était de s'enfuir dans la saillie pas du tout pathétique, d'être le pince-sans-rire, de boucher ses oreilles avec le bonnet à grelots du fou, de prendre la batte ? Du reste, les honnêtes gens ont toujours, par des temps louches, mieux aimé faire les fous que d'être, dans la grande société, des coquins avec les coquins. » Le poète Wilhelm Raabe a été le scrutateur de sa nouvelle *Horacker*, qui, vis-à-vis d'une bâtisse et de ses cavités, appuie son front sur sa vitre (à lui) qui le sépare de l'au-delà ; alors il songe à la naissance, à la vie, à la mort, au berceau et au cercueil. « Fais attention à la rue ! » dit, dans les *Gens de la Forêt* (*Leute aus dem Walde*) le soldat de police Fiebiger ; « regarde les étoiles » dit son ami Ulex, astrologue sur la tour de Saint-Nicolas, qui, employant le langage de Jacob Boehme, cordonnier mystique de Goerlitz, prononce l'oracle : « L'univers dans lui-même est sombre, et sa lumière n'est que des boules brillantes que nous nommons les étoiles ; sombre aussi dès le principe est l'âme humaine, mystère non moins grand que l'univers ; pour elle aussi la lumière vient des étoiles, et il y en a beaucoup et de très belles. » Le *Hungerpastor* (*Le pasteur qui a faim*) de Raabe. a pour motif le désir spiritualiste des Allemands. Ce bon vieux qui dans les *Trois plumes* a puni l'esprit contemporain, l'effronterie désillusionnée « froide comme une grenouille, chauve, pommadée, avide et plate » du secrétaire Pinnemann, qui dans *Abu Telfan* (1868) s'est emménagé dans le « moulin aux chats », retraite des vaincus, a été toujours sur les fortifications de l'idéal. « Passe tes armes à ceux qui vont suivre ! » cria-t-il à son pasteur Hans Unwirsch. Dans son *Schüdderump* (1870) la mort vient à son tour: « Oh ! combien notre chemin pourrait être beau, tranquille, confortable, sans le sourd tapage dans le lointain, sans le char noir qui, sans relâche suit son chemin à travers toutes les générations vivantes, dont le charretier incline la tête si somnolemment et si sinistrement et dont les guides, les passions, brandissent leurs barres et leurs crocs de fer avec un grincement des dents et ricanent ; car l'empire et la splendeur du monde est à eux, et qui saurait se vanter de leur avoir résisté ? » Les *Akten des Vogelsangs* nous enseignent qu'il n'en est rien de l'héroïsme dans ce monde de jours ouvrables. « En Allemagne, le héros du Tumukierland ne se fait voir sans l'oncle et la tante Schnœdler, il a son Schilda, il est philistin. »

Les joyaux poétiques que Wilhelm Raabe avec les précautions d'un choucas a dérobés aux importuns, étincellent d'un feu plus pur dans les nouvelles d'Adalbert Stifter, Autrichien originaire d'une petite ville enfouie dans les bois de Bohême. Sa conception est que la nature bienfaisante guérit les hommes : fraîches comme les sources de son pays montagneux, ses jeunes filles personnifient la pure vie végétale. Les personnes sont incorporées à l'ordre anorganique ; des minéraux comme le *Granit* (*Pierres multicolores*, 1853) agissent de sorte que Hebbel va accuser cette poésie d'être une « peinture à fleurs et à scarabées. » Comme les forces « partiales », les catastrophes dans la nature ne sont que des dérangements de la grande causalité, la colère à Stifter a semblé plus insignifiante que la justice. Adorant et Gœthe et Jean Paul, il souhaita : « Il faudrait qu'un homme arrivât qui aurait de commun avec moi la simplicité et la conscience éthiques, mais qui pour la poésie serait infiniment mieux doué ; il rétablirait notre art en décadence et sauverait l'honneur de notre époque. » Quelquefois, les idylles de Stifter sont ingénues comme les vers du romantique Eichendorff. Rien que le roman thuringien du dramatiste Otto Ludwig *Entre le ciel et la terre (Zwischen Himmel und Erde*, 1856) et les nouvelles lyriques de notre Theodor Storm qui après, renonçant aux doux enchantements d'*Immensee* (1852), s'est élancé vers l'âpre tragique d'*Aquis submersus* et du *Schimmelreiter*, sont, dans la prose allemande avant le livre *Henri le vert (Der grüne Heinrich*, 1854) de Gottfried Keller, supérieurs.

Ce roman autobiographique est un monument parce que nulle part la rêverie n'a été à ce point accumulée dans l'*éducation sentimentale* d'un individu, et que nulle création allemande ne correspond si bien au postulat de Goethe : « Le roman doit aller d'un pas lent, et les humeurs du personnage principal doivent arrêter, d'une façon ou de l'autre, la marche de l'ensemble vers la solution. » Ainsi le personnage que Keller a chargé de sa propre vie, est un passif, et l'histoire qui d'abord eut une fin « noire comme les cyprès », dans le texte de 1879 a un dénouement heureux. On aperçoit Jean Paul encore dans le pittoresque bourgeois du roman suisse, dans ces aventures du jeune Henri Lee lequel est aimé et par sa compagne de jeunesse, la fille Anna qui disparaît, et par la jeune veuve Judith dont la vivacité sensuelle le captive ; il va à Munich où il fait de la peinture. Infortuné, il est retiré chez sa pauvre mère ; mais il séjourne dans le château d'un comte,

où il s'amourache de la jeune Dortchen Schoen-
fund ; n'osant pas l'épouser, le cœur brisé il ne
rentre chez lui qu'après sept ans d'absence.

La mère est morte, elle a donné tort au rêveur
qui est caractérisé dans ces mots : « S'il avait été
roi de ce monde, il aurait peut-être dissipé bien des
millions ; maintenant il n'avait rien à dissiper que
le peu de chose qu'il possédait, sa vie et celle de sa
mère. » Keller a adouci le suicide de son Heinrich
en le faisant mourir d'une mort naturelle, puis par
un nouveau travail collectif. En 1856, il présenta
ses nouvelles à l'Allemagne, pour la « *compenser* »
de ce roman qui est équivalent au *Wilhelm Meister*
et qu'il a traité de produit d'une « grossièreté sub-
jective et ignorante ». *Les gens de Seldwyla*, drôle
microcosme de petits bourgeois et de paysans,
dans l'art germanique, n'a qu'un prédécesseur,
le peintre Dürer pour l'exécution du détail,
Seldwyla est incommensurable même dans la littérature populaire de la Suisse qui avait eu Jeremias
Gotthelf et sa religiosité. *Romeo et Juliette au village (Romeo und Julie auf dem Dorfe)* l'histoire
amoureuse de Sali et de Vrenchen qui nagent sur le
bateau à foin, était la joie de Nietzsche. Les *Sept
légendes* (1872), gaies réalisations de moralités théologiques, sont le troisième chef-d'œuvre de ce poète
qui, dans ses derniers vers, a fait sa prière au « cha-
riot, puissant astre des Germains. » Son concitoyen
Conrad-Ferdinand Meyer, ici, comme dans ses ballades, est l'impassible. Dans l'*Amulette*, il a conjuré
les atrocités superbes de la Saint-Barthélemy. Le
Juerg Jenatsch, roman historique du pays des Gri-
sons, et le *Saint (Der Heilige*, 1879), histoire de
Henri, roi d'Angleterre, et de son chancelier Becket,
apothéosent des tourmentés, des renégats, avec des
effusions de sang. L'orage, l'inceste, les empoisonne-
ments, flambent sur les cimes de la *Justicière (Die*

Richterin, 1885). Le *Mariage du Moine* est narré par la bouche de Dante ; une dureté dantesque, le sirocco de l'*Inferno* ont resserré le cœur de Meyer lequel, dans la *Tentation de Pescara* (*Versuchung des Pescara*, 1886) et dans *Angela Borgia*, (1891) a compliqué ses procédés. La maladie qui sortit de cet esprit de vertige, était inflexible.

Depuis 1880 environ, le roman altruiste dont le prêtre ensanglanté Juerg Jenatsch, Lucrèce Planta et Ezzelino da Romano, l'homme de fer, furent les contre-mineurs, et que les naturalistes de 1890 ont estropié, a été secouru par la bonté d'une femme, de la baronne autrichienne Marie von Ebner-Eschenbach. Là, il y avait de la commisération et de l'entendement. Au titre de son récit *Incrédule* (*Glaubenslos*), Marie von Ebner a joint un point d'interrogation, car les dogmes lui sont indifférents. Tout, dans ses contes vit d'une vie réelle ; l'horlorgère Lotti (*Lotti, die Uhrmacherin*, 1889), le médecin ordinaire, le curé de village, les employés subalternes, les chasseurs domaniaux, les jolies comtesses, les cavaliers de la cour viennoise, les seigneurs et la petite noblesse campagnarde, les dignes châtelaines et ces vieux messieurs qui, avec une légère pointe de libertinage, sont pourtant de braves et aimables causeurs. Les gais *Aphorismes* de Marie von Ebner nous donnent les « derniers anneaux de longues chaînes d'idées » et nous font entrer en relations avec cette dame dont l'art a été dirigé par Tourgueniew, par son amie Louise von François et par le plus fin prosateur de l'Autriche d'hier, Ferdinand von Saar (*Novellen aus Oesterreich*). Comme elle, Theodor Fontane, romancier d'une société plus neuve et plus raide, a été un gai critique. La féodalité et les hauts fonctionnaires, le conservatisme prussien étaient le district qu'il inspectait avec une discrétion souriante, comme il avait inspecté les vieux murs et les tom-

beaux de Brandebourg. En cela, ses opinions ont
changé, du passé il s'est mis en route vers la Prusse
contemporaine que bientôt il soupçonna d'être un
mécanisme d'horloge sans âme. Dans *Errations et
Perturbations* (*Irrungen, Wirrungen*, 1888), la liaison de l'officier brandebourgeois, du jeune hobereau,
et de Lene Nimptsch, fille du jardinier, est déliée,
parce que « le mariage, c'est l'ordre » et que l'argent gouverne le monde. Mais peu à peu, jusqu'à ce
qu'en 1895 le roman conjugal *Effi Briest* abolit les
chinoiseries, Fontane se décida à la sociologie nouvelle, et lorsqu'en 1898, pendant le *Stechlin*, la
mort brisa sa plume, ce fut un sociologue libre qui
s'en alla.

Il y a quelques années, Léon Tolstoï a jugé que le
meilleur roman de cette sociologie allemande était
le roman paysan du noble saxon Wilhelm von
Polenz *Le Büttnerbauer*. Il y a quelques mois, cet
écrivain qui, de son manoir Cunewalde en Lausitz,
avait suivi le mouvement éthique du politicien
Moritz von Egidy, nous fut enlevé : on regrettera
non sa sensibilité d'artiste, laquelle dans son *Wur-
zellocker* (*Les Déracinés* allemands, mais peu bar-
résistes) a été rare, mais d'autant plus sa loyauté qui,
sans l'adresse d'Ompteda (la trilogie *Sylvester von
Geyer, Eysen, Cæcilie von Sarryn*) et sans l'expansion de Mme Viebig, nous prévient en sa faveur.
Le Suisse Walter Siegfried (*Tino Moralt*) et Wilhelm
Wallot (*Ein Sonderling*) restent en arrière. Johannes
Schlaf dans la poésie intime de son *Dingsda* (1893),
a salué son esprit familier ; elle subsiste dans le
Printemps (1896) et dans les *Fleurs printanières*
(1901). La trilogie du *Troisième royaume*, des
Chercheurs et des *Fiançailles de Peter Boie* (*Peter
Boies Freite*) n'élabora qu'une faible cohérence
entre les types de l'artiste D. Emanuel Liesegang,
du savant D. Erhard Falke et de Boie qui, dans un

bourg de pilotes, s'éprend de la naïve Geesche et, blessé par un pêcheur jaloux, s'expatrie avec elle dans la colonie Arcansas.

Tel est le résultat des expéditions : « Ah ! qu'y a-t-il donc ? Chacun est un monde dans soi ; tout le reste, comment on se rencontre, tous ces contacts et « biens sacrés » sont du chaos, du hasard .» Wilhelm Hegeler s'est embarrassé dans les brutalités de l'*Ingénieur Horstmann* et du *Pasteur Klinghammer* (1903). Kretzer, Stratz, Wasner, Aram, Sperl, Otto von Leitgeb, Wilhelm Meyer-Foerster et Georg Reicke, second bourgmestre de Berlin (*La poule verte, Das gruene Huhn* 1902) sont au-dessus de la ligne moyenne. John-Henry-Mackay est un bon prosaïste dans *Le nageur* (1901) et dans le *Sybarite* (1903). Plus visionnaire que son frère Gerhart Hauptmann, dont les nouvelles *Le garde-barrière Thiel (Bahnwaerter Thiel)* et l'*Apôtre (Der Apostel*, 1892) étaient mémorables, Karl Hauptmann, auteur d'un *Journal (Aus meinem Tagebuch*, 1900) où, près des arbres et des eaux du Riesengebirge, revit l'ingénuité de Stifter, auteur des *Pèlerins du soleil (Sonnenwanderer)* et de *Marianne, esquisses de la vie d'une femme pauvre (Zeichnungen aus dem Leben einer armen Frau)*, se maintiendra. Le Silésien Hermann Stehr dans : *L'homme aux bardeaux (Der Schindelmacher*, 1899) et *Leonore Griebel* (1900), Dostojevskij gonflé de sa petite patrie, se tue à symboliser des destinées trop animales. Dans son livre gothique *Le dernier enfant (Das letzte Kind*, 1903) qui appartient à d'autres sphères, la férocité religieuse du moyen âge, son aversion pour la terre étourdit. Quant à la productivité des auteurs-femmes, les doyennes du chapitre sont Hédwig Dohm, féministe spirituelle (*Sibilla Dalmar*, 1896), Isolde Kurz, fille du poète souabe Hermann Kurz, laquelle, demeurant à Flo-

rence, en a reçu le sens de l'histoire et de l'art
radieux du midi (*Nouvelles florentines*, 1888, *La
ville de la vie. (Die Stadt des Lebens*, 1903). Il se
Frapan-Akunian, née à Hambourg, dont elle a
peint les *Gens démodés (Altmodische Leute)*, s'est
enrégimentée à Zurich et à Genève au radicalisme
humanitaire (*Des cris. Schreie*, 1901). Maria
Janitschek est une détraquée qui pour être « sur-
femme », surmène son talent banal, tandis que Lou
Andréas-Salomé, la nietzschéenne de 1894, a colo-
nisé à présent le pays où elle s'oriente, le « pays
intermédiaire » (*Im Zwischenland*, 1901), l'âme
inquiète des jeunes filles nubiles. Helene Boehlau,
originaire de l'agréable résidence provinciale de
Gœthe, dans son roman *Demi-Bête (Halbtier)* s'en
est émancipée. La Viennoise Mme Mataja, qui s'appelle Emil Marriot, avec aigreur, a fait voir la mes-
quinerie des familles où Marie von Ebner ne pénétra
que rarement. Hélène Croissant-Rust (*Feierabend,
Repos*) Fanny Groeger, la défunte Adine Gemberg
qui a donné des études sur la vie des diaconesses,
Elsbeth Meyer-Foerster, elle aussi morte, aimable
consolatrice, Gabriele Reuter qui par la doulou-
reuse *Fille de Famille (Aus guter Familie*, 1895)
arracha le bandage d'une plaie sociale, Mlle Hans
von Kahlenberg, avec ses ragoûts littéraires, la
baronne Frieda von Bülow, auteur de romans colo-
niaux, de deux romans féministes et de la délicate
Femme stylisée (Die stilisirte Frau), Carry Brach-
vogel, méritent d'être citées. Enfin les romanciers
Mme Ricarda Huch (*Ludolf Ursleu* 1890 ; *Vita
somnium breve*), Martens, (*L'Accomplissement, Die
Vollendung*), Wassermann (*Le Moloch*. 1902) ceux
qu'on pourrait qualifier de « romanciers de l'écriture
artiste », ont eu des collaborateurs et des continua-
teurs, l'Autrichien J.-J. David (*Mourir au bord de
la route, Am Wege sterben*), Félix Hollaender (*Le*

chemin de Thomas Truck, *Der Weg des Thomas Truck*, 1902), Gerhard Ouckama-Knoop (*Das Element*, 1901 ; *Le Pèlerinage de Sebald Soeker*), les frères lubeckois Thomas Mann (*Buddenbrooks, Histoire de la débâcle d'une famille*, 1900) et Heinrich Mann (*Au pays de Cocagne, Im Schlaraffenland*, 1901 ; *Les Déesses ou les trois romans de la duchesse d'Assy, Diane, Minerve et Vénus*, 1903), Arthur Hollitscher, Richard Huldschiner, Paul Ernst, le comte Kurlandais E. von Keyserling (*Beate et Mareile*, 1903), Friedrich Huch (*Peter Michel*, 1902) et Emil Strauss qui dans son livre *L'Ami Croquemitaine* (*Freund Hein*) a raconté le mélodieux suicide d'un enfant.

IV

LE THÉATRE

Des trois immortels dramatistes Kleist, Grillparzer et Hebbel, le célibataire chagrin de Vienne est le moins intempérant. Mais le public des théâtres n'aimait pas son noble illusionisme. Les personnages de Grillparzer, comme son Alphonse, roi de Castille, dans la *Juive de Tolède* (1873), sont des « magiciens entourés de magie » ; Ils ont les mots : « Nous ne sommes rien que des ombres ». Le roi Ahasvère dont la figure donne du relief au fragment *Esther*, guette de la tonnelle ses courtisans, casse les feuilles sèches qui « d'une sinuosité amère » se courbent vers l'intérieur et en frissonnant il demande : « Qu'est-ce que c'est que l'homme ? » Puis il s'enfuit. Non moins qu'à cet art qui, par *Héro et Léandre* seulement, a obtenu une place dans le répertoire habituel, aux spectacles de Heinrich von Kleist l'Allemagne est restée stupidement froide. Il y a quelques semaines, une étude de M. Edmond Fazy, publiée dans le *Mercure de France*, a montré le tombeau du génie et le Grunewald, près du Wannsee, où la bise siffle : « Fait honteux, nul monument, nulle statue ne s'érige ; une patine sinistre enduit la pierre. Mais le lierre prodigue son feuillage toujours vert, et d'entre les pieds du poète, un grand arbre a poussé, qui domine symboliquement le passage. » M. Fazy résume très bien et le comique hollandais de la *Cruche cassée* (*Der zerbrochene Krug*, 1812), qui est notre plus parfaite comédie, et la sauvagerie de *Penthesilea*, tragédie grecque, délire d'un grand créateur : « La reine des Amazones, amoureuse folle d'Achille, amoureux d'elle, assassine le héros, et tandis que les chiens en font curée, elle lui dévore, en un furieux baiser, le sein gauche. Penthésilée avait promis au fils de Thétis une fête de roses ; ces flots de sang mi-divin répandus sur cette chair si blanche, ne forment-ils pas des roses en effet, toute une fête de roses? » Ainsi la Poésie, louve insatiable, a dévoré Kleist lui-même, jeté aux bêtes le cœur de cet halluciné qui, loin des femmes, loin des amis, n'avait voulu que d'elle, « tigre accroupi » comme son *Robert Guiscard* vis-à-vis de Constantinople et des créneaux impériaux. Les membres de la *Famille Schroffenstein*, Penthésilée, Guiscard, le teuton Hermann, défendant sa patrie, chassant les armées romaines par la *Bataille de Hermann*, et le *Prince de Hombourg*, jeune officier de l'électeur de Brandebourg, guerrier couronné de lauriers et somnambule, tous ils n'agissent pas, mais quelque chose agit en eux, les pousse au bord de l'abîme. *Catau de Heilbronn* (*Kæthchen von Heilbronn*, 1810) fille de l'armurier, obéissant à l'instinct fatal, suppliante, comme une esclave est asservie par le chevalier Wetter vom Strahl. L'année suivante, en 1811, Kleist n'en pouvait plus ; consumé, il tua son amie, l'hystérique Mme Vogel, d'une balle dans la poitrine et s'en tira une autre dans la bouche. Ce fut « un des anges boiteux » de Byron qui se seraient « heurtés à une étoile. »

Le théâtre de Friedrich Hebbel a été inauguré en 1841, avec la *Judith*, terminé en 1863, avec la mort du poète ; il ne sera jamais accessible à notre public, bien que dès 1877 la biographie de Kuh et de 1885 à 1892 le *Journal*, les « peaux de serpents », et la correspondance de cet homme volcanique en aient préparé la naturalisation. En 1843, Henri Heine, ayant lu *Judith* et *Geneviève* (*Genovefa*) dit à Hebbel : « Maintenant je suis vengé de tous mes ennemis ; vous écrivez des drames, et vous voilà comme la baleine au milieu des harengs. » Et ceci : « A vrai dire, je devrais m'emporter contre vous, j'ai présagé la fin de l'époque artistique, et vous en commencez une nouvelle. Mais vous en êtes assez gravement puni ; Lessing était isolé, vous le serez mieux encore ». Conformément à cet augure, Hebbel, s'est plaint, après beaucoup de labeur : « Pour sûr, je serais allé un peu plus loin, si j'avais pratiqué le métier très populaire de ventriloque, sans avoir préféré à des écus volés, les sous que j'ai gagnés. » Ses dures méditations lyriques, de la prose qui laisse deviner la noire misère de son enfance, et quatre-vingt-sept plans dramatiques sont le testament du pauvre fils de maçon, dont l'imagination, ainsi que l'a exprimé Heyse, couvait « sous la glace ». Sa métaphysique est du pantragisme ; la religion, la poésie, la philosophie, étaient pour lui des « tragédies idéologiques où tantôt l'intellect, tantôt la fantaisie prévaut, jusqu'à ce qu'ils s'embrassent dans la pure œuvre d'art, et y coopèrent en se saturant mutuellement. » Telle est la plus courte synthèse de ses idées : « Le drame n'est la forme la plus élevée de l'art, la tragédie n'est la forme la plus élevée du drame, que parce que la loi du drame gouverne le cours du monde lui-même ». « L'homme de ce siècle », écrit Hebbel, « n'aspire pas aux institutions nouvelles et inouïes dont on lui reproche la poursuite, mais il cherche une meilleure base à celles qui existent, il veut qu'elles reposent sur la morale et la nécessité seulement (ce qui est la même chose), et qu'au lieu du crochet externe où jusqu'à présent beaucoup d'elles ont été attachées, elles aient le centre interne de gravité, d'où elles sont tout à fait dérivables ». Le système de Hebbel est un individualisme qui attente aux individualités. Dans son premier drame, la *Judith*, l'autocratie de l'homme supérieur dégrade la femme supérieure, seule âme de même naissance que lui, et en fait un vil objet de jouissance. « Quand autour de moi », s'écrie le surhumain Holofernès, dont Friedrich Hebbel rêva le type comme un cauchemar aveuglant, « ils sont debout effarouchés et, quand, malgré toute ma douleur, mon sourire leur inculque la mort et la démence, je tempête : « Mettez-vous à genoux, car je suis votre dieu, et je ferme les lèvres et les yeux, et, tranquillement, secrètement, je me meurs. » Dans *Geneviève*, tragédie, « frayée », selon la confession de Hebbel, « dans une fureur naïvement insouciante de tous les théâtres du monde », Golo, pour sa folie amoureuse, livre au martyre la chaste, la sainte. *Maria Magdalene* (1844) est un drame de petits bourgeois, et l'entêtement du menuisier *Meister Anton* lequel, après la ruine de sa famille, comme le démon du passé, dit : « Je ne me connais plus à ce monde », est de la souche du *Erb-fœrster* que nous devons à la patience du Saxon Otto Ludwig. Mais là encore retentit la dialectique de Hebbel que, dans la hiérarchie de l'état, fait éclater le vaillant antagonisme de *Herodes und Mariamne* (1850), antagonisme de l'époux et de l'épouse. *Agnes Bernauer* (1851), drame du moyen âge, est le paradigme de l'auto-correction du monde et de l'anéantissement des valeurs individuelles qui sont de trop. Les tragédies de la femme se concluent avec *Gyges und sein Ring* (1856), l'aventure du roi Candaule et son de épouse Rhodopé, qui se suicide parce qu'en profanant la nudité féminine aux yeux du grec, le roi a « découpé les fils d'or » qui la « nouaient aux étoiles ». Ainsi la tragédie de la reine Rhodopé qui ne veut pas être la « sœur du crapaud » est la tragédie de la pudeur ; le problème mental de *Nora* se pose. Mais Candaule

aussi, le songeur, signifie une moralité future :
« Qu'y a-t-il donc d'éternel dans les voiles, dans les
diadèmes, dans les glaives enrouillés ? » Les fresques historiques des *Nibelungen* sont la tragédie
la plus mesurée de Hebbel qui assure des honneurs
nationaux au frison.

Richard Wagner y est son successeur, moins par
l'allitération et la prosodie, que par l'exégèse de
son *drame musical* qui, selon lui, aurait donné à la
poésie une « inopinée tension de souffle ». Le pro-
priétaire de Wahnfried avait des calculs : « l'œuvre
d'art de la plus haute culture ne saurait être pro-
duite ailleurs que dans la claire conscience », et s'il
a voulu représenter « l'essentiellement humain,
détaché de toute convention », l'humanitarisme de
son temps l'y mène. Mais Wagner est un dramatiste
puisque « l'incomparable du mythe » l'a enthou-
siasmé. Dramatiste, il a écrit que « l'Allemand cons-
truit de l'en-dedans », que tout l'intérêt de Lohengrin dépend de « l'événement intime dans le cœur
d'Elsa » et, statut pareil à celui de Hebbel, que
la forme extérieure se bâtit « du centre le plus
intime du monde. » Les *Maîtres-Chanteurs*, *l'Anneau*, *Tristan et Iseult*, *Parsifal* sont une assem-
blée de symboles. Le trésor des Nibelungen, comme
la *Toison d'or* de Grillparzer, symbolise l'exécration
qui extermine une race. Wotan, d'après H. St. Cham-
berlain, est le héros de la tragédie de volonté, Siegfried, le héros de la tragédie du destin ; Bruennhilde,
subissant les deux sorts, se tuant avec Siegfried,
exécute la volonté de Wotan et abolit la malédic-
tion d'Alberich. Tristan et l'extase du couple
héroïque qui meurt fidèle à la « loi intérieure »,
enivré de l'hyménée : *Nimm mich auf in deinen
Schoss* (*Vers ton sein, attire-moi*), Parsifal qui, si
l'on se fie à Wagner, n'est pas « l'homme faible et
misérable », mais « l'homme fort et miséricordieux ».

complète le cycle. Pourtant, lorsque celui-ci se fut arrondi, Friedrich Nietzsche objecta : « Histrion qu'il était, Wagner ne cherchait à imiter que l'homme le plus efficace et le plus effectif, l'homme de la plus haute passion. » Ainsi l'exagération de Wagner fut déclarée être une exagération de gestes, la dégénérescence physiologique » du « mimomane le plus tumultueux ». Nietzsche, usant du mot : *Cave musicam* nous précautionna contre cet « homme scénique par excellence », doué des « instincts commandants d'un grand comédien », contre le plus « étonnant génie de théâtre que les Allemands aient eu », et il le condamna en notant : « Du style baroque ; il faut que cela soit énoncé. »

A peine touché des cultes dramatiques et des propagandes simultanées, destituant le théâtre libéral dont il ne s'était pas encore dégagé dans le *Curé de Kirchfeld* (1852), le théâtre de l'Autrichien Ludwig Anzengruber depuis 1880 se nomme encore en Allemagne, théâtre du terroir et sans faussetés littéraires. C'est un naturaliste, avant l'ère des *Henriette Maréchal* et des *Thérèse Raquin* de chez nous. Anzengruber était acteur de province, copiste et rédacteur d'une presse de carrefour, un maladroit qui n'avait que sa vieille mère : « L'amour, l'amour maternel, ma part d'amour, ma part perpétuelle, immense, la part que m'a offerte le monde. » Son cœur est dans une lettre qu'il a envoyée à Rosegger : « En échange de nos chaudes larmes, de nos amers chagrins, nous n'avons que la mélancolie et le désir languissant ; c'est le travail d'enfantement de notre terre quand elle veut accoucher de créatures meilleures. Pour aller dans ce monde doux et silencieux, qui solennellement nous environne comme le firmament étoilé d'une nuit d'hiver, vous nous prêtez la clef, ô pauvres morts. » Anzengruber a regardé la vie des provinces autrichiennes, et il l'a rendue dans l'in-

tacte originalité de son affirmation : « Au point de
vue dramatique, les deux intentions (l'optimisme et
le pessimisme) ne semblent justifiées, l'une aussi
bien que l'autre, que lorsque le personnage dont il
s'agit, est dans la situation convenable. » Sa sympathie, Anzengruber l'accorde aux déréglés, aux sans-
espoir, aux écœurés, aux démolis, aux pas-de-
chance, à ceux qui vivent comme le *Wurzelsepp*
(*Joseph aux radicelles*), et comme le *Steinklop-
ferhanns* (*Jean le carrier*) lequel a son panthéisme
de vagabond : « A toi, rien ne peut arriver, tu appar-
tiens à tout ça et tout ça t'appartient ; à toi, rien
ne peut arriver. » Comme Hebbel, Anzengruber
aussi a composé un drame de petits bourgeois, le
Quatrième commandement (Das Vierte Gebot, 1877)
dont il a rapporté le contenu : « Le thème de la
mauvaise éducation, du mauvais exemple des
parents, d'où impossibilité du « Respecte ton père et
ta mère. La fille devient une catin, le fils, coléreux
étant soldat, tue son sergent. Personnages : les
parents sordides, la fille, le fils, la bonne grand'-
mère (épisode saisissant). »

Depuis le départ d'Anzengruber, le théâtre
allemand s'étiole.

Henrik Ibsen aurait été son réformateur, par son
idéalité de « puissance procréatrice », par Brand
et Haakon, par Hedda Gabler et par le sculpteur
Rubek, lequel sent la vie être plus que l'art.
Mais nos dramatistes n'avaient en admiration que
les petits mannequins, Gregers Werle, le pédant
humanitaire au « postulat idéal », Hjalmar Ekdal,
le vaniteux idéaliste-photographe, et Nora, l'écer-
velée. Gerhart Hauptmann, le poète innocent
d'*Avant le lever du soleil*, est le protagoniste de ce
théâtre des débilités. Dans les drames de sa première
phase, les frères de Hjalmar, marqués par l'écriteau
Moderner Stimmungsmensch (*l'homme sensible*

des temps modernes), font rage ; c'est le Wilhelm Scholtz de l'hébétant drame de famille *Friedensfest* (*Fête de la Réconciliation* 1890), c'est le « philosophe » et mari Johannes Vockerat qui, dans *Einsame Menschen*, délaissé par l'étudiante russe Anna Mahr, se noie. *Les Tisserands* et leurs scènes épiques sont obscurcis par la fantasmagorie de *Germinal*. Les deux comédies de Hauptmann, le *Collège Crampton*, caractéristique humoriste d'un ivrogne qui, ci-devant aurait été un vaillant professeur de peinture, et la *Fourrure de Castor* (*Biberpelz*, 1893), narguant la bureaucratie prussienne avec une humeur querelleuse que des gazettiers ont égalée à la *Cruche cassée* de Kleist, n'ont pas les qualités mâles, les qualités shakespeariennes, la pétulance et l'esprit. Dès l'*Ascension de Hannele* (*Hanneles Himmelfahrt*, 1893), agonie d'un enfant-martyr dans un asile de pauvres, Hauptmann qui introduisit là, le Christ de Uhde et des anges de sucre candi, fit des efforts pour être poète fantaisiste. *La cloche engloutie* (*Die versunkene Glocke*, 1897) où le fondeur de cloches Heinrich, amant de la sylphide Rautendelein, autre Ondine, est encore le *Stimmungsmensch*, pille toute notre mythologie, tous nos contes de fées pour bousiller un spectacle bourgeoisement larmoyant et décoratif. Le *Florian Geyer* est une déformation du grand *Goetz von Berlichingen* de Gœthe, *Schluck et Iau*, une déformation du burlesque prélude que Shakespeare ajouta à *Taming of the Shrew*. Le *Arme Heinrich* a combiné le texte du minnesaenger allemand Hartmann von Aue qui, par le sacrifice d'un enfant, guérit le chevalier lépreux, le *Timon* du grand William, Catar de Kleist et son fatalisme érotique. Par le *Char.e-tier* (*Fuhrmann*) Henschel et *Rose Bernd*, tragédie d'une servante infanticide, Hauptmann est retourné à ce que son âme minutieuse n'aurait pas dû quitter, au mélodrame silésien.

Ainsi que M. Jules Lemaître a démoli le commerçant M. Ohnet, le critique berlinois M. Harden, en 1903, a démasqué la vacuité du second dramatiste de l'Allemagne contemporaine, M. Hermann Sudermann, lorsque cet écrivain de théâtre, afin de mieux plaire à son public, à la haute finance et à la « majorité compacte », souleva une scandaleuse polémique sur le rôle de la critique moderne. Sudermann est un littérateur qui, en France, serait de pair au défunt Octave Feuillet. Dans *l'Honneur* le raisonneur de Dumas est marchand de café, ennobli par le nom du comte de Trast ; dans *La fin de Sodom* (1890), d'un Berlin que même Sardou aurait cru être le Brésil, tragédie du peintre « décadent » Willy Janikow, la *Dalila* de Feuillet s'est déguisée. *Magda* (Heimat, 1892) et son cabotinage taché n'est qu'un rôle de bavarde. Sudermann a été répudié par ses adorateurs là où il fut plus scrupuleux, après sa *Bataille de Papillons* (*Schmetterlingsschlacht*, 1894), comédie rosse qui a un peu des *Corbeaux* de Becque, après son drame biblique *Johannes* (1898) et son spectacle *Les trois plumes de hérons* (*Die drei Reiherfedern*, 1899). Ayant toujours caricaturé la noblesse campagnarde de la Prusse, en 1903, il a caricaturé dans une farce nationale *Socrate, le bourgeois de la vieille roche* (*Sturmgeselle Socrates*) les clubistes démocratiques dont les petits-fils gouvernementaux n'ont pas pardonné cette bévue à leur amuseur.

Cependant notre drame actuel est le plus souvent un théâtre de routine non seulement par M. Sudermann, mais aussi par d'autres, maîtres ou rapins dramatiques. M. Félix Philippi a ajusté l'affaire Bismarck, l'affaire Dreyfus et tous les faits-divers (la *Johanna Wedekind*, qu'a jouée Mme Sarah Bernhardt, ne fait que de débiter un roman du même M. Wilbrandt dont on a importé à Paris le drame semi-classiciste *Le maître de Palmyra*). Dans le *Rosenmontag*, mélodrame de petits lieutenants et de carnaval, Hartleben a contremandé ses facéties, et dans le *Zapfenstreich* (*Retraite*) de l'écrivain militariste Beyerlein, auteur du roman *Iena oder Sedan* (1903) s'est abaissé. Max Dreyer s'est déprécié par la recherche de plaisanteries grossières, congénial à Otto Ernst, jadis maitre d'école à Hambourg, qui, dans la lourde satire de la *Jeunesse d'anjourd'hui* (*Jugend von heute*), dans *Flachsmann Educateur* (*als Erzieher*) et dans la satire contre le journalisme *Justice* (*Gerechtigkeit*) a étalé la pancarte du bon sens. Max Halbe qui, peut-être, est un dramatiste, et qui, du moins, dans *Jeunesse* avait écouté la leçon de la nature, jusqu'au *Fleuve* (*Strom*, 1903) n'a pas recouvré son intégrité. Des compétiteurs « modernes » de 1893, Mme Ernst Rosmer-Bernstein, mariée à un avocat de Munich, a produit quelques spectacles ibsénisants et loquaces, puis elle s'est occupée de contes dramatiques, genre que, du reste, approfondit naguère l'imagination du romancier de Keyserling (*Jean le Sot, Der Dumme Hans*, 1901). Georg Hirschfeld, Schlaf, Carlot Reuling, Hans von Gumppenberg, Flaischlen n'étaient pas toujours heureux dans leurs drames. Les farces bavaroises de Joseph Ruederer et de Ludwig Thoma, rédacteur du *Simplicissimus*, toutes modestes qu'elles soient, comptent dans ce désert où Richard Voss, l'auteur d'*Alexandra*, où Paul Lindau et le facile rimeur Ludwig Fulda, poète du *Talisman* (1892), où Wildenbruch n'ont pas cessé de paraître. Il y a encore le machiavéisme de Wedekind dont Otto Julius Bierbaum s'est imprégné en composant son théâtre

Jakob Grimm et Gottfried Keller, récemment le *Kunstwart* (Avenarius) ont parlé pour lui. *Editions*: Gesammelte Schriften (Œuvres complètes), 4 tom. *Correspondance* : Lettres à Kurz, publiée par Baechtold (1885), lettres à Schwind (1890), lettres à Storm (1891). La correspondance entière publiée par R. Krauss et K. Fischer (1903) 2 tomes. *A consulter* : Notter, E. M. (1875), Klaiber, E. M. (1876), Harry Maync, E. M. (1901), K. Fischer, le meilleur biographe de M., a publié en 1903 un livre sur son *Kuenstlerisches Schaffen*.

Theodor Storm, né à Husum le 14 septembre 1817, fils d'un avocat, décédé le 4 juillet 1888. Sa vie a été bien peu agitée. Au gymnase de Lubeck il fit la connaissance de Geibel. Etudiant à Kiel, avec l'historien Theodor Mommsen et Tycho Mommsen son frère, il publia le *Liederbuch dreier Freunde*. Avocat à Husum, il se maria avec Konstanze Esmarch. Lorsqu'après la guerre danoise le Schleswig-Holstein perdit sa liberté, Storm, patriote allemand n'y resta plus ; il alla en Prusse (à Potsdam, où il était en relations avec Heyse, Kugler, Fontane, Eichendorff) et à Heiligenstadt. En 1864 il retourna dans sa patrie et, fut nommé sous-préfet de sa ville natale (Landvogt). Après la mort de sa première femme il épousa *Frau Do* née Jensen. Vers la fin de sa vie il demeura à Hadermarschen, village dans l'ouest du Holstein. En 1898, il fut honoré par un monument érigé à Husum. *Editions* : Gesammelte Schriften, 19 t., 1889. Œuvres complètes édition populaire Sæmtliche Schriften). — *Correspondance :* Lettres à Mœrike, publiées par Baechtold 1891, lettres à Keller, publiées dans la Revue *Deutsche Rundschau*, en 1903. *A consulter :* Schütze. Th. St., sa vie et sa poésie (1887); Wehl, Th. St. (1888); Alfred Biese, Th. St. et le réalisme contemporain (moderne Realismus) (1888); Erich Schmidt, Charakteristiken.

Detlev von Liliencron, né le 3 juin 1844 à Kiel, officier dans l'armée prussienne, prit part aux cam-

pagnes de 1866 et 1870; capitaine (Hauptmann)
il prit son congé, se retira à Kellinghusen, son
domaine en Holstein. Maintenant il vit à Altrahl-
stedt, près de Hambourg. Il se fit connaître par le
recueil de poèmes *Adjutantenritte und andere
Gedichte* (Leipzig 1883). Suivent le roman *Breide
Hummelsbuettel* (1887), *Eine Sommerschlacht*, nouvelles (1885), les drames *Knut der Herr* (1885), *Der
Trifels und Palermo* (1886), *Arbeit adelt* (1886),
la tragédie *Die Merowinger* (1888), les contes pro-
saïques *Unter flatternden Fahnen* (*Sous les dra-
peaux flottants*, 1888), *Der Mæcen* (1889), *Krieg
und Frieden* (1891), *Gedichte* (1889), *Der Haide-
gaenger* (1890), *Neue Gedichte* (1893), l'épopée
Poggfred (1897) dont les suppléments, publiés dans
la *Insel* et dans le périodique hambourgeois *Lotse*
(*Le Pilote*) sont ce que Liliencron a produit de meilleur. Souvent le poète a formé des rythmes
libres ; dans le *Poggfred* la stance latine, la stance
des grands poètes épiques de l'Italie, est renouvelée.
Quant aux nouvelles où Liliencron a décrit la
guerre de 1870 à 1871, il faut les placer à côté de
la prose de Tourguéniev et de Maupassant. En 1903,
le poète a donné l'anthologie *Bunte Beute Éditions* ;
D'une édition complète qui n'est que provisoire,
9 tomes ont paru. Un choix de poésies (*Ausgewæhlte Gedichte*), un choix de nouvelles sur la
guerre, destiné à la jeunesse, ont été en outre publiés.
A consulter : O. J. Bierbaum, *Detlev Freiherr von
Liliencron* (1892), Fr. Oppenheimer, *D. v. L.*
(1897), Gustave Kuehl (1903).

RICHARD DEHMEL, né à Wendisch Hermsdorf
(Brandebourg), le 18 novembre 1863, fit des études de philosophie, de sciences, d'économie sociale
à Berlin. En 1887, à Leipzig, il obtint le grade de docteur que lui valut une brochure sur l'assurance
contre l'incendie. Pendant huit ans, il était secrétaire
du *Verband deutscher Privat-Feuerversicherungs-
gesellschaften*. Homme de lettres et récitateur,
il habita à Pankow, près de Berlin, à Heidelberg

et à Blankenese, près de Hambourg. Après avoir
publié *Weib und Welt*, il fut accusé d'immoralité
et de blasphèmes par un dénonciateur ; ce fut quelque chose comme le procès intenté aux *Fleurs du
Mal* de Baudelaire. Hormis ses poèmes lyriques,
Dehmel a composé le ballet symbolique *Lucifer*
(1899) et la tragédie *Der Mitmensch (Le prochain)*
dont le héros, pour sauver son frère, qui d'un
anneau écrase l'œil de son rival, tue le moribond
d'un coup de revolver ; il pose l'arme fermement
sur l'œil. Cette apothéose de l'homme « volontaire »,
amoral, par les critiques bourgeois de Leipzig, où
la pièce a été huée, fut déclarée être l'apothéose du
meurtre. Les travaux philosophiques de Dehmel
sont ingénieux et passionnés. *Editions : Erlœsungen*
(1891 et 1898). *Aber die Liebe* (1894). *Lebensblaetter*
(1895). *Weib und Welt* (1896). *Ausgewaehlte
Gedichte* (1902). *Zwei Menschen* (1903).

LES ROMANCIERS

Paul Heyse, né à Berlin, le 15 mars 1830, fils du
philologue K. W. L. Heyse et d'une mère juive,
fréquentant de bonne heure les cercles esthétiques
de la capitale prussienne. Il publia des recherches
sur les poésies des trouvères, fit un voyage en Italie,
et en 1854, à Munich fut accueilli au « symposion »
littéraire du roi Maximilian dont il effaça même le
doyen « Geibel ». Depuis ce temps, « Isar-Athen »
était son domicile. De ses drames, seulement quelques spectacles patriotiques comme son *Hans
Lange* et *Kolberg*, ont été acceptés par les théâtres.
Le roman *Merlin* (1892) est la plus partiale attaque
de Heyse contre l'art venu depuis le naturalisme.
Editions : Junghrunnen (Fontaine de Jouvence)
1850, *Francesca von Rimini* (1850), *Novellen* (1855,
1858, 1859, 1862), *Hans Lange* (1866), *Kolberg*
(1868), *die Kinder der Welt* (1873), *Im Paradis*
(1875), *Der Salamander* (1879), *Verse aus Italien*,
(1880), *Roman der Stiftsdame*, (1886), *Merlin*

Gedichte 5me édition (1893) etc., etc. ; beaucoup dé traductions. Les œuvres complètes sont de 29 volumes. *A consulter* : O. Krauss. P. H's. *Novellen und Romane*, 1888.

Wilhelm Raabe, né à Eschershausen (Brunswick). le 8 septembre 1831, fut élevé dans la Klosterschule à Amelungsborn et au collège de Wolfenbuettel, petite ville, où Lessing avait été bibliothécaire. Jusqu'en 1854, Raabe était libraire à Magdebourg, puis il se fit homme de lettres, à Berlin d'abord, à Wolfenbuettel depuis 1856, à Stuttgart de 1862 à 1870, et de là jusqu'à nos jours Brunswick, ville très antique et d'une beauté grave, a été son asile. Le 8 septembre 1901. lorsque le temps au septuagénaire ne refusa plus les honneurs qu'en 1887 il avait donné au vieillard Theodor Storm, il fut fêté par tous les journaux de l'Allemagne. Sur sa vie pacifique et des réunions provinciales qui, se sont formées autour de lui, Albert Warneke a écrit dans le *Litterarisches Echo* : « Le maître Raabe auquel personne ne dispute son coin de sofa, à côté du fourneau est naturellement le centre de la société ; près de lui ses bons amis ont leur place, un directeur de gymnase, un professeur de gymnase, un premier précepteur, un notaire, le directeur d'une fabrique, un bibliothécaire de la bibliothèque de Wolfenbuettel laquelle est célèbre par Lessing, un conseiller archiviste et un pasteur ; de temps en temps viennent quelques juristes et même deux conseillers ecclésiastiques du consistoire ». Dans l'étude de Raabe on voit le cabinet de travail de Jean Paul et son tombeau, et pour être fidèle à ce tableau de l'Allemagne d'hier, le poète est toujours vêtu de sa robe de chambre. *Éditions : Die Chronik der Sperlingsgasse* (1857), *Unsers Herrgotts Zanzlei* (1862), *Der Hungerpastor* (1864), *Abu Telfan oder die Heimkehr vom Mondgebirge* (*le retour des montagnes lunaires*) (1868), *Der Schuedderump* (1870), *Horacker* (1876), *Gessammelte Erzæhlungen* (*Contes*), 4 tom. *A consulter* : Gerber, W. R. 1897.

Adalbert Stifter, né à Oberplan, dans la Bohême septentrionale, le 23 octobre 1805, mourut à Linz le 28 janvier 1868. Son père était tisserand et marchand de vin ; après sa mort, la famille vécut dans l'indigence. Elevé chez les bénédictins de Kremsmünster, Adalbert Stifter étudia les mathématiques à l'université de Vienne. Précepteur modeste, en 1850 il fut élevé au poste d'un conseiller scolaire pour les écoles primaires de la province Haute-Autriche; congéniales à ses œuvres poétiques sont les lettres que des amis ont publiées en 1869. *Editions : Studien* (1844-1851), *Bunte Steine* (1853), *Nachsommer* (*Arrière-saison*, 1857), *Witiko* (1865-1867), *Erzæhlungen* (1869). *OEuvres choisies*, par Weitbrecht 1887. — *Correspondance* : Lettres, 3 tom., éd. Aprent 1869. — *A consulter* : Kuh, Zwei Dichter Österreichs (1852), Markus, A.S. 1877, Prœll A. S. 1891.

Gottfried Keller, né à Zurich, dans la maison « Zum goldenen Winkel » (« Au carrefour d'or »), le 18 juillet 1819, y mourut le 15 juillet 1890. A l'âge de 5 ans, il perdit son père, l'honnête artisan Hans Rudolf Keller, de sorte que son éducation a été assez vague. Il se croyait prédestiné à la peinture ; donc, mécontent de sa ville natale, du mois de mai de 1840 jusqu'à novembre de 1842 il séjourna à Munich. Bientôt, il dut renoncer à la profession d'artiste, parce qu'il n'avait pas assez de connaissances préliminaires et qu'il était pauvre. En 1846, un volume de poésies lyriques est achevé. En 1848, boursier de l'Etat, de nouveau il quitte Zürich, à Heidelberg et, de 1850 à 1855, à Berlin, il se perfectionne intellectuellement. C'est à Berlin que le *Grüne Heinrich* fut terminé, que les *Gens de Seldwyla*, les *Sept légendes* et le cycle *Das Sinngedicht* (l'*Allégorie poétique*) furent conçus. En 1861, Keller est nommé premier scribe du canton, charge qu'il remplit à la plus grande satisfaction de ses concitoyens. La dernière œuvre de Keller est le roman *Martin Salander*, où il a déposé ses expériences politiques, ses contradictions con-

tre la démocratie radicale ; à l'intempérance socialiste, il oppose « l'aristocratie nouvelle des gens
bien élevés. » Il était l'ami intime du peintre Bœcklin dont il fréquentait l'atelier, ses lettres à Storm,
doléances contre sa brave sœur, la paysanne Regula
Keller, laquelle étant sa ménagère, le tyrannisa
drôlement, sont très égayantes. Le meilleur portrait
de Keller est une eau-forte de Stauffer-Bern ; l'on
y voit un petit homme à lunettes, trapu, grotesque, hérissé. Le 19 juillet 1889, anniversaire du poète,
lui ont été présentées les félicitations des Allemands
et des Suisses. — *Editions*: *Gedichte* (1846), *Neuere
Gedichte* (1851), Gesammelte Gedichte (1883), Der
grüne Heinrich (1854), texte remanié de 1879. *Die
Leute von Seldwyla* (1856), *Sieben Legenden* (1872),
Züricher Novellen (1878), *Das Sinngedicht* (1883),
Martin Salander (1886), Gesammelte Werke,
10 vol. — *A consulter* : O. Brahm, G. K. (1883),
L. Berg, G. K. (1890), A. Frey, Erinnerungen an
G. K., Bæchtold, K's Leben, seine Briefe und Tagebüche, (biographie, lettres, journaux) 1893-1898,
Kœster, G. K. 1900.

Conrad-Ferdinand Meyer, né à Zurich, le 11 octobre 1825, mort à Kilchberg le 28 novembre 1898 ;
son père appartenait au parti conservateur, à un
patriarcat de magistrats ; il mourut avant que le
fils fût un homme fait, et le laissa à une mère délicate et mélancolique qui, à ce qu'on dit, s'en alla
plus tard spontanément de la vie. Ayant fait ses
études, Meyer va à Paris, voyage en Italie,
rentre à Zurich où il est étroitement uni avec sa
sœur Betsy. L'on demeure dans la ville ou dans les
villas à Küssnach et à Meilen. En 1875. Meyer
épouse Louise Ziegler, fille d'un colonel suisse. A
Kilchberg, près de Zürichsee, il trouve un bonheur
passager. En 1888 une grave maladie l'envahit,
dont il est guéri, mais son système nerveux est
ruiné. En 1892, vers la fin de juillet, la catastrophe
commence. Meyer se rend dans une maison de
santé à Kœnigsfelden. Pour quelque temps, Kilch-

berg est encore son domicile. De l'apathie une douce mort le délivre. Il est enterré vis-à-vis de l'île Ufenau où dort son héros, le chevalier Ulrich von Hutten. Meyer était un homme fort ; son visage était massif et charnu, ses yeux gris étaient un peu louches : ainsi il s'est dessiné sous les traits du bourgmestre Meyer, dans son roman *Juerg Jenatsch.* Il était goîtreux, déformation qu'il prêta à beaucoup de ses personnages populaires. — *Éditions : Balladen,* (1867), *Romanzen und Bilder* (1870), *Huttens letzte Tage* (1871), *JuergJenastch* (1876). *Der Heilige* (1880), *Gedichte* (1882), *Die Hochzeitdes Mœnchs* (1884), *Die Richterin* (1885), *Die Versuchung des Pescara* (1886), *Angela Borgia* (1891). — *A consulter :* Mauerhof, K. F. M. oder die Kunstform des Romans, Franzos, K. F. M. 1889, Trog, K. F. M, 1897, Frey, K. F. M., sein Leben und seine Werke (biographie, œuvres) 1900, Betsy Meyer, Erinnerungen (mémoires, 1903).

MARIE VON EBNER-ESCHENBACH, née comtesse Dubsky, le 13 septembre 1830, mariée au Feldmarschall-Leutnant (maréchal de camp) baron de Ebner-Eschenbach. Sa patrie est Maehren, province mi-germanique, mi-slave. Des drames lui assurèrent la sympathie de ceux qui s'y connaissaient. Elle n'avait pas d'enfant. Quelquefois ses pièces dont une tragédie : *Marie Roland* a fort impressionné le poète Otto Ludwig, furent jouées par les théâtres viennois. Les premiers contes en prose de Marie von Ebner passèrent à peine aperçus, peu lus. Seulement en 1875, avec le livre *Zwei Comtessen* (1885) elle réussit. En 1894, au milieu de sa grande activité poétique, elle honora d'une belle biographie Louise von François. En 1900, lors de son jubilée, l'université de Vienne lui passa un diplôme qui l'appelle : « la plus grande femme poète de langue allemande et le premier ecrivain de tous ceux que possède l'Autriche contemporaine ». *Éditions :* Gesammelte *Schriften,* depuis 1893, 6 tomes. *A consulter :* G. Müller-Frauenstein, von Heinrich von Kleist bis zur Graefin M, E., Necker, M. E. 1900.

Theodor Fontane, né à Neuruppin (Brandebourg), le 30 décembre 1819, décédé à Berlin le 20 septembre 1898. Ayant l'intention de se faire pharmacien, de 1840 à 1843 il était employé dans certaines pharmacies à Leipzig et à Dresde ; là il s'occupa de littérature. En 1844, il voyagea en Angleterre. Un second voyage l'y mène en 1852, et il étudie les ballades des Anglais ; le troisième séjour dure de 1855 à 1899. Le résultat de ces années est le livre *Aus England, Studien und Briefe* (1860) et *Jenseit* (au-delà) *des Tweed, Bilder und Briefe aus Schottland* (l'Ecosse, 1861). De 1860 à 1870 Fontane est rédacteur de la très prussienne *Gazette de la Croix*. Il visite les villages, les couvents et les champs de bataille de Brandebourg (*Wanderungen : Voyages*, 1862-1882, 4 tom.). Après avoir écrit un livre sur la guerre de 1866, Fontane en 1870 se risque en France ; près de Domrémy il est arrêté par les francs-tireurs qui ne le lâchent qu'après trois mois. Le récit sur ces événements est dans le livre *Kriegsgefangen* (*Prisonnier de guerre*, 1871, et 1891). De 1870 à 1890, Fontane a été critique théâtral de la *Gazette de Voss*. En 1891, l'empereur lui fit donner une prime littéraire de 3000 marks. C'était un homme charmant avec ses cheveux blancs et dans ses yeux dont le bleu-clair, à ce que prétendent les biographes, rappelait ceux du vieux roi Fritz tel que Menzel nous l'a peint. *Editions : Gedichte* (1851), *Balladen* (1861), *l'Adultera* (1882), *Schach von Wuthenow* (1883), *Irrungen, Wirrungen* (1888), *Stine* (1890), *Frau Jenny Treibel* (1892), *Effi Briest* (1895), *Die Poggenpuhls* (1896), *Stechlin* (1898), *Meine Kinderjahre* (*Souvenirs d'enfance*, 1894), *Von Zwanzig bis Dreissig* (*De vingt ans jusqu'à trente ans*, 1898), *Gesammelte Romane und Novellen*, 10 tom. A consulter : Servaes, **Th. F.**

LES AUTEURS DRAMATIQUES

Friedrich Hebbel, né à Wesselburen, le 18 mars 1813, mourut à Orth-Gmunden, près du Traunsee, le 13 décembre 1863. Orphelin et abandonné depuis 1827, il gagne sa vie lamentablement, par des travaux de copiste. En 1833, il va à Hambourg ; de 1836 à 1839 Heidelberg et Munich le retiennent où il fait d'incohérentes études. Dans l'affliction matérielle, il est frappé par la mort et de sa mère et de son ami intime. A Hambourg, d'une liaison avec Elise Lensing, amour de détresse et de solitude, est né son premier fils Max qui, comme le second fils de cette alliance, Ernst, meurt, âgé de trois ans tout au plus. En 1842, Hebbel espérant faire des voyages, est stipendié par le roi de Danemark. De 1843 à 1844 il séjourne à Paris. En 1844, il voit Rome et Naples, puis il est forcé de rentrer en Allemagne. Dans de très sinistres circonstances, le 4 novembre 1845 il arrive à Vienne, où en 1846 il se marie avec Christine Engehausen, actrice du théâtre impérial (Burgtheater). Un fils qu'elle lui donne, meurt après la naissance, une fille, nommée Christine, leur reste. La vie de Hebbel devient plus douce. Elise Lensing qui pendant un an avait été logée chez les mariés, meurt en 1854. Plusieurs fois Hebbel, soit par suite de tournées artistiques de sa femme, soit dans l'intérêt de ses poésies, va en Allemagne, en France et en Angleterre. En 1855 un cottage à Orth-Gmunden est acheté où il vit pendant huit ans encore. En 1863, Hebbel est honoré par la prime dramatique, le *Schillerpreis*. L. A. Frankl l'a ainsi décrit : « La tête ronde montrait un front puissant qui se bombait telle une coupole, et qui n'était que pauvrement couvert d'une chevelure blonde ou jaune blanchâtre. Au-dessous, des yeux d'un bleu brillant, bien qu'ils ne fussent ombragés ou marqués d'aucuns sourcils ni d'aucuns cils, lançaient des éclairs, et, quand Hebbel parlait dans l'animosité ou, ce qui se faisait sou-

vent, dans une colère facile à éclater, c'étaient de
véritables foudres. » *Éditions : Judith* (1841),
Genoveva(1843),*Marie Magdalena* (1844), *Der Dia-
mant* (1847), *Herodes und Mariamne* (1850), *Julia*
(1851), *Michel Angelo* (1855), *Agnes Bernauer*
(1855), *Gyges und sein Ring* (1856), *Nibelungen*
(1862), *der Rubin* (1851), *Gedichte* (1857). —
Correspondance : Tagebücher (journal, 1885-87)
Lettres aux amis et à des contemporains(1890-1892)
les deux publications de F. Bamberg. *Lettres
publiées par R. M. Werner*, 1903. — *A consulter :*
Kuh, biographie Friedrich Hebbels (1877), Kulke,
mémoires 1878, Popp. F. H. 1903,

RICHARD WAGNER, né à Leipzig, le 22 mai 1813,
mort à Venise le 13 février 1883. Après des études
de philosophie, il était directeur de musique et
kapellmeister dans plusieurs théâtres. En 1849,
ayant pris part à la révolution, il dut s'enfuir de
Dresde et aller à Paris et à Zurich. Il rentra dans sa
patrie en 1861 ; en 1871, dix ans de luttes et de
vicissitudes avaient consolidé l'œuvre de Bayreuth.
Pour tous les détails, voir la littérature musicale et
l'éminente biographie de Houston Stewart Cham-
berlain, auteur des *Grundlagen* des 19 *Jahrhunderts*
(*Bases du XIX*^e *siècle*) où les conceptions de Gobineau, ses théories sur les races européennes, sont
merveilleusement exposées. *Editions . Cola Rienzi*
(1842), *Der fliegende Hollaender*(1843), *Tannhauser
und der Sængerkrieg auf der Wartburg* (1845),
Lohengrin (1850), *Tristan und Isolde* (1859), *Die
Meistersinger von Nuernberg* (1868), *Der Ring des
Nibelungen* (1869-76), *Das Kunstwerk der Zukunft*
(1850), *Oper und Drama*(1852), *Nachgelassene Schrif-
tell und Dichtungen* (1895), *Gesammelte Schriften
und Dichtuugen*. 10 tom. *A consulter :* B. Vogel, R.
W. als Dichter (R. W. poète) 1888.

LUDWIG ANZENGRUBER, né à Vienne. le 29 novembre 1839, y mourut le 10 décembre 1889. Il se fit
libraire, acteur, copiste dans les bureaux de police

et, depuis 1871, homme de lettres. D'abord, son nom de guerre était L. Gruber, pseudonyme qu'il a gardé même pour le manuscrit du *Pfarrer von Kirchfeld*. En 1873, il se maria avec Mlle Adeline Lipka : le 2 mars 1875 sa mère décéda. En 1878, au mois de novembre, le Schillerpreis lui fut offert de Berlin. Les deux journaux que Ludwig Anzengruber a rédigés, sont *Heimat* et *Figaro*, journal satirique et illustré. D'après les récits de ses familiers, il était couché, sur son lit de mort, comme un transfiguré, sa grande tête encadrée d'une barbe qui, de rousse qu'elle avait été, était devenue soudain grise ; de la main droite il tenait le crucifix. Son enterrement qui se fit par un vent de neige, fut grandiose ; des convois et des convois défilèrent. Le poète Ganghofer, romancier populaire, ami d'Anzengruber, s'était chargé du discours funèbre. *Editions* : *Pfarrer von Kirchfeld* (1872), *Der Meineidbauer* (1872), *Die Kreuzelschreiber* (1872), *Das vierte Gebot* (1877), *Der G'wissenswurm* (1874), *Heimgefunden* (1885), *Der Sternsteinhof* (1885), *Gesammelte Werke*, 10 tom. *A consulter* : L. A. von Anton Bettelheim (1891), Erinnerungen an A , par L. Rosner (1891).

RICHARD VOSS, né à Neugrave en Pommern, le 2 septembre 1851 fit des voyages en Italie. En 1870, pendant la guerre, il est volontaire dans un corps d'ambulance ; mais il est blessé. A Iéna et à Munich il fait des études philosophiques. Pour quelques années, il eut son domicile à Stuttgart, le plus souvent il alla à Frascati, près de Rome, et à Berchtesgaden. En 1884, il fut nommé bibliothécaire du château thuringien Wartburg. Son influence sur le répertoire des théâtres allemands qui, a été extraordinaire un jour, commença en 1882, lorsque dans une concurrence dramatique proposée par le théâtre national de Mannheim, afin de fêter le jubilé séculaire des « *Brigands* » de Schiller, son drame Luigia San Felice obtint le prix. *Editions* : *Die Patricierin* (1881), *Alexandra* (1886),

Eva (1888), *Wehe den Besiegten* (*Malheur aux vaincus*, 1889), *Die neue Zeit* (*Temps nouveaux*, 1890),
Schuldig (*Coupable*, 1892), *Die blonde Kathrein* (*La
blonde Catherine*, 1895), *Scherben*, *Gesammelt vom
mueden Mann*, 1879. *A consulter* : Goldmann, R. V.
(1890).

Ernst von Wildenbruch, né à Beyrouth (en Syrie)
le 3 février 1845, fils du consul prussien qui était
enfant naturel d'un prince royal. Dans son enfance,
il vint à Athènes et à Constantinople, où son père
fut nommé ambassadeur. En 1875, il alla en Allemagne pour être reçu dans l'école militaire. De
1863 à 1865 il était officier, puis il se décida à prendre son congé. Etudiant en droit jusqu'en 1870, il
prit part à la guerre française, en 1877, il entra
au ministère des affaires étrangères à Berlin,
en 1889 il fut nommé Légationsrat. Depuis quelques
mois, il demeure à Weimar. — *Editions* : *Vionville*
(1874), *Sedan* (1875), *Harold* (1882), *Die Karolin-
ger* (1882), *Vaeter une Saehne* (*Les pères et les fils*,
1882), *Der Mennonit* (1882), *Christoph Marlow*
(1884), *Das neue Gebot* (1886), *Die Quitzows* (1888),
Generalfeldobert (1889), *Haubenlerche* (1890), *Der
neue Herr* (1891), *Heinrich und Heinrichs Ge-
schlecht* (1866). Parmi ses romans, citons : *Der Astro-
nom* (1887), *Das edle Blut* (1893). — *A consulter* :
Berg, E. v. W. *und das Preussenthum in der deut-
schen Litteratur* (1888).

Arno Holz, né à Rastenburg le 26 avril 1863, littérateur à Berlin. Sa brochure sur *L'art, son essence
et ses lois* fut publiée en 1891 ; il en a raconté l'o-
rigine : « Après une année, au milieu de l'hiver je
me retrouvais dans une petite maison couverte
de neige, tout près des bois, dans la solitude ;
j'y étais le seul être humain, et, à une bonne lieue
de distance, avec Berlin dans le dos. « Quant à sa
collaboration avec Schlaf, l'histoire du pseudonyme
Bjarne P. Holmsen et de la *Famille Selicke*, pièce
jouée, par le théâtre libre, le 7 avril 1890, voir la

LES CRITIQUES ET LES THÉORICIENS
DE L'ART

Herman Grimm, né à Kassel le 6 janvier 1828, fils du célèbre professeur romantique Wilhelm Grimm, décédé à Berlin en 1901. Dans la capitale prussienne, il a enseigné l'histoire de l'art depuis 1872. Ses cours à l'Université furent suivis par une élite. C'était un petit homme enthousiaste, aux caprices d'enfant gâté, mais une sagesse lucide émanait de ses paroles. Marié à Gisela von Arnim, fille de Bettina, il était, pour ainsi dire, le gouverneur de l'esthétisme gœthéen. C'est Gœthe et son œuvre immortelle qui est caractérisée, dans le plus beau livre de Hermann Grimm. Il n'était pas académique et ses collègues souvent furent choqués par ses bizarreries, principalement dans l'exégèse de l'Iliade, qu'il a entreprise une fois. Comme historien de l'art, il était partisan de la vie, et ses hérésies modernistes sont nombreuses. Çà et là, il s'est trompé, ainsi lors de la découverte qu'il a faite des « poésies populaires » d'une femme, Johanna Ambrosius. Très remarquables sont les lettres qu'il a échangées avec Emerson. — *Editions* : *Armin* (1851, drame), *Demetrius* (1854, tragédie), *Novellen* (1856), *Essays* (1859, 1865, 1875), *Leben Michelangelos* (1860-63, 2 t.), *Gœthe in Italien* (1861), *Zehn ausgewæhlte Essays sur Einführung in das Studium der modernen Kunst* (1871), *Unueberwindliche Mæchte Forces invincibles* (1867, roman en 3 t.), *Gœthe* (1877), *Homer* (1890).

Friedrich Theodor Vischer, né à Ludwigsburg, le 30 juin 1807, mourut le 14 septembre 1887, à Gmunden. Après des études philosophiques et théologiques, en 1830, il fut nommé vicaire à Horrheim. En 1844, il obtint un professorat à Tübingen, mais ses cours furent tout de suite suspendus. En 1848, il appartenait à la gauche du parlement révolutionnaire à Francfort. En 1855, il alla enseigner à

Zurich, en 1866, il fut appelé à Stuttgart, où il était professeur d'esthétique jusqu'en 1877. « Mon système », a-t-il écrit sévèrement, « vise à un art qui ne puise que du vraiment réel, de la source de la nature, du vrai contenu de la vie. » Esprit ergoteur, mais sincère, Vischer était un bon poète lyrique, et son roman *Auch Einer* (*Monsieur un tel*) est un de nos meilleurs livres humoristes. *Editions* : *Aesthetik oder die Wissenschaft des Schoenen* (1847-1858, 3 t.), *Uber das Erhabene* (*le sublime*) *und Komische* (1837), *Kritische Gaenge* (1844, 1860, 1875), *Auch einer* (1878), *Altes und Neues* (1881-1882), *Lyrische Gaenge* (1882). Sous le pseudonyme du Dr Mystifizinsky, *Faust, der Tragoedie dritter Theil* (1862). — *A consulter* : Ilse Frapan, *Vischer-Erinnerungen* (1889), Osswald, *F. Th. V. als Dichter* (1896).

Karl Hillebrand, né à Giessen, le 17 septembre, mort à Florence, le 19 octobre 1884. En 1849, emprisonné lors de la révolution badoise, il s'enfuit à Strasbourg. A Paris, il était le secrétaire de Henri Heine. A l'Université de France, à Bordeaux, il obtint les grades académiques. En 1863, il fut nommé professeur à l'école de Saint-Cyr, plus tard à la faculté philosophique à Douai. En 1870, après la déclaration de la guerre, il prit son congé, et, pour les « Times », avec l'expédition italienne, se rendit à Rome. Il demeura ensuite à Florence. Il est le meilleur publiciste cosmopolite qui ait été produit par l'humanisme allemand, et un psychologue très renseigné. Sa collection *Menschen und Volker* (*Les hommes et les peuples*) (7 t., à partir de 1874) est subdivisée : *La France et les Français* (éd. franç., Paris 1880), *Welsches und Deutsches* (Latinisme et Teutonisme), *Aus und über England, Profile, Aus dem Jahrundert der Revolution, Zeitgenossen und zeitgenœssisches* (Des contemporains et des temps présents), *Kulturgeschichtliches*. *Editions* de ses livres français : *Des conditions de la bonne comédie* (1863), *La Prusse contemporaine*

(1867), *Etudes italiennes* (1868), *De la réforme de l'enseignement supérieur* (1868).

JAKOB BURCKHARDT, né à Bâle le 25 mai 1818, y mourut le 8 août 1897. Professeur à l'Université de Bâle qu'il n'a quitté que pour aller, pendant quelque temps, à Zurich, il a écrit sur l'art belge, sur l'art allemand, sur l'époque de l'empereur Constantin, sur Rubens, etc. Mais aucun savant de l'Allemagne n'a été comme lui enthousiaste de l'art trouvé dans les musées de l'Italie, nul avant lui n'a eu comme lui le sens héroïque du grandiose : par ses livres sur la Renaissance, sur l'âge des Borgia, par ses discours et par son attrayante personnalité, il a été l'incitateur et le précurseur de Nietzsche. — *Éditions : Der Cicerone, eine Anleitung zum Genuss der Kunstwerke Italiens* (1855), *Die Kultur der Renaissance in Italien* (1862), *Geschichte der Renaissance in Italien* (1867), trois tomes d'une *Griechische Kulturgeschichte* (1898-1900).

FRIEDRICH NIETZSCHE, né le 15 octobre 1844 à Roecken (Saxe prussienne), décédé à Weimar, le 25 août 1900. Il est impossible d'écrire le nom de Nietzsche sans faire l'éloge de M. Henri Albert et de ses infatigables efforts de subtil interprète. De même, son essai sur Nietzsche, paru dans les *Célébrités d'aujourd'hui*, avec l'ingénieux rassemblement d'opinions et la riche bibliographie, est le seul travail que nous puissions recommander ici. On y trouvera encore la table des *Œuvres complètes de Nietzsche*, édition couronnée par l'Académie Française. M. André Gide, dans les *Lettres à Angèle*, écrit là-dessus : « Grâces soient rendues à MM. Henri Albert et à ses collaborateurs, qui nous donnent enfin notre Nietzsche, et dans une fort bonne traduction », et M. de Wyzewa en a remercié « le plus savant, le plus consciencieux, et le plus intelligent de nos Nietzschéens. »

Heinrich von Treitschke, né à Dresde le 15 septembre 1834, mourut à Berlin le 28 avril 1896. En 1863, il était professeur à l'Université de Freiburg, mais à cause de l'indifférence que l'état de Bade témoignait à l'hégémonie patriotique de la Prusse, il alla à Berlin. Plus tard il était professeur à Kiel et Heidelberg ; depuis 1874 l'Université de Berlin ne le lâcha plus, et il en était l'orateur le plus saisissant, la plus forte individualité de tous les historiens allemands. Dans son *Deutsche Geschichte im 19. Jahrhundert* les exposés sur l'histoire littéraire sont larges ; un véhément nationalisme les inspire (1879-1844, 3 t.)

Ludwig Speidel, né à Ulm le 11 avril 1830, journaliste à Munich ; dès 1885 il fut à Vienne. Référencier théâtral de la *Neue Freie Presse*, il égale les meilleurs stylistes qui, en France, aient pratiqué l'art du critique ; son jugement a été quelquefois partial et étroit.

Fritz Mauthner, né à Horitz (en Bohême) le 22 novembre 1849, journaliste et critique théâtral à Prague et à Berlin, où, depuis 1876, il a travaillé pour la littérature sincère ; ainsi c'était lui qui, au nord de l'Allemagne, a fait connaître les drames de Ludwig Anzengruber. Il a écrit beaucoup de romans, qui, commençant par le libéralisme, plus tard, dans d'âpres satires, ont manifesté des préoccupations individualistes. Le philosophe Mauthner qu'on avait vu dans les anecdotes critiques de ses paraboles, en 1901 s'est révélé dans ses *Beitrage zu einer Kritik der Sprache* (Suppléments à une critique du langage), œuvre que, M. Henri Albert a comparée à juste titre à Max Stirner et à son bréviaire d'anarchie *l'Unique et sa propriété* ; car Mauthner démontre « l'isolement absolu de l'individu devant le néant de toute parole humaine » (t. 1 : *la linguistique* t. 2 ; *le langage et la psychologie*). — *Éditions : Kraft* (1894, 2 t.), et *Die bunte Reihe* (1896), les meilleurs romans de Mauthner ; citons encore ses essais critiques *Von Keller zu Zola* (1887).

Maximilian Harden, né à Berlin le 20 octobre 1861, éditeur et directeur de son hebdomadaire *Zukunft* (*L'Avenir*) où il prodigue ses chroniques politiques et littéraires. Harden est un styliste de grande qualité, accompli ; de notre médiocrité en matière d'écriture personnelle il est une des très rares exceptions. En 1892, il commença à guerroyer sous le pseudonyme de l' « Apostat », observateur clairvoyant et érudit de l'âme des foules. On trouve aussi son culte bismarckien de la force objective dans ses vastes paraphrases des poèmes ethniques. M. Harden a transcrit soit les mystères des religions, soit les mystères des novateurs visionnaires comme Wagner et Nietzsche. Il n'a pas protégé le naturalisme, mais il a proclamé le droit de ceux qui, tout en restant dans leur ethnique, y puisent des associations de sentiments qui survivent à la mode éphémère et à la stupidité du troupeau. *Editions : Apostata*, 2 vol. (1892), *Litteratur und Theater* (1896), *Kampfgennosse Sudermann* (1903).

LES PRINCIPALES REVUES ALLEMANDES

Die zukunft, fondée en 1892, avec ces déclarations de M Harden : « Celui qui estime la patrie plus haut que le parti, les intérêts de l'humanité plus haut qu'une agitation sensationnelle, l'art plus haut que la coterie. celui qui veut que les pousses mourantes ou malades soient sacrifiées à l'accroissement de la tige saine, celui qui aime mieux la personnalité autonome et n'a point d'égards pour un journalisme ou pour des calculs forcément mercenaires, qu'il applaudisse joyeusement. *L'Avenir* compte là-dessus. » Les meilleurs écrivains de l'Allemagne indépendante ont été les collaborateurs de la *Zukunft*.

Neue Deutsche Rundschau (à partir de 1904 *Neue Rundschau*) fondée en 1890 sous le titre

Freie Buehne. (*La scène libre*) qui alors était identique à l'association du théâtre libre. Dans le prologue il fut dit : « Nous bâtissons une scène libre. Une scène pour la vie moderne. L'art se trouvera, au centre de nos tendances, l'Art nouveau qui regarde la réalité et l'existence d'aujourd'hui. » Pendant deux ans, le docteur Brahm, directeur de théâtre depuis 1894, en fut rédacteur en chef ; jusqu'au mois de novembre 1893 Wilhelm Bœlsche le remplaça, Otto Julius Bierbaum n'y resta que peu de temps. Aujourd'hui la *Rundschau* est dirigée par Oscar Bie ; Arthur Eloesser, Félix Poppenberg en sont les plus remarquables collaborateurs, avec tous les poëtes qui ont pour éditeur le libraire S. Fischer.

Die Zeit, de Vienne, jadis dirigée par Hermann Bahr (né à Linz, le 19 juillet 1863).

Die Nation de Berlin, périodique libéral (collaborateurs critiques A. Bettelheim, Ola Hansson, Ernst Heilborn).

Das Litterarische Echo de Berlin, journal de très utile renseignement, excellemment dirigé par le docteur Josef Ettlinger.

Nombre de périodiques littéraires, comme *Die Gesellschaft* (fondée par M. G. Conrad et Hans Merian), *Die Insel*, etc., etc., n'existent plus ; le *Kunstwart* a de fidèles lecteurs.

TABLE DES MATIÈRES

Mayenne, Imprimerie Ch. COLIN

www.ingramcontent.com/pod-product-compliance
Lightning Source LLC
LaVergne TN
LVHW012217170726
843503LV00005B/2130